湯屋のお助け人

菖蒲の若侍

千野隆司

双葉文庫

目次

湯屋のお助け人
菖蒲の若侍

第一章　道場破り

一

数日空を覆（おお）っていた雨雲が姿を消して、濃い青空が眩（まぶ）しい。道端の水溜まりが、中天（ちゅうてん）に近い強い日差しを撥（は）ね返して輝いた。

水溜まりには、しもた屋の庭先に立てられた鍾馗（しょうき）の絵幟（えのぼり）と吹流（ふきなが）しが映っている。五、六歳の男児が数名で、菖蒲刀（しょうぶがたな）を手に喚声（かんせい）を上げながら遊んでいた。晴れて外遊びが出来るようになるのを、今か今かと待ち望んでいたのだ。

唇の端に、餡（あん）をこびりつかせて遊んでいる子どもがいる。母親がこしらえた柏餅（かしわもち）を頰張（ほおば）って、慌てて飛び出してきたのだろうか。

町の裏手にある榛（はん）の木馬場（きばば）からは、駒音が響いている。足慣らしなのか、のんびりとした走りだ。

五月五日は端午の節句。

本所亀沢町の町並みは長閑だった。腰高障子を開けたままにしている自身番では、中年の書役が大きなあくびをしている。少し蒸すが、しのげないほどではなかった。

今日から、江戸の人々は単衣を身につける。

馬場の駒音も子どもたちの喚声も、町の住人は慣れっこになっていた。聞こえないと、物足りないくらいである。

だが亀沢町には、もう一つ物音を立てる場所があった。朝から日暮れるまで、竹刀のぶつかる音や掛け声、床の軋みの交ざり合う、剣術道場の轟くような物音だ。春秋に途絶えることはない。

直心影流の団野道場である。江戸では名の知られた道場だから、朝から引きも切らず門弟がやって来た。前髪の少年から、白髪の老剣士まで身分に関わりなく汗を流す。

規律正しい道場で、どのような猛者でも、町の人たちに迷惑をかける者は一人もいない。盆と正月には稽古を半日休み、近所の住人と餅つきをする。道場主の団野源之進は子どもを可愛がった。

だから日がな一日聞こえる稽古の音を、うるさいと言う者など一人もいなかった。端午の節句の今日も、広い道場から、いつもの響きが町中に伝わっていた。そこへ団野道場の門弟とは似もつかない風情の浪人者と、尻はしょりをした遊び人といった感じの三十がらみの男が門前に立った。

大振りな看板を見上げた。

「どうです、旦那。入ってみやすかい」

小柄で痩せた遊び人が言った。前歯が一本欠けていて、薄い唇にぺちゃんこな鼻。金壺眼だが、奥に潜んでいる目は狡そうな光を湛えている。

「そうだな。おもしろそうだ」

口先だけで嗤った浪人者は、四十にはまだ二、三年ありそうな容貌魁偉な着流し姿。蓬髪で濃い眉、浮腫んだ目蓋の細い眼。鷲鼻で紫がかった唇は厚い。鼻の右横に、小豆大のホクロがあった。元は相撲取りだったと言われれば、誰でも信じてしまいそうな体軀である。落とし差しにした刀の柄に、片肘を乗せていた。

どちらも身につけている衣服は粗末なものではないが、着方がどこか崩れている。通りがかった子守りの婆さんが、覚えず浪人者と目が合って、ぎゃっと悲鳴を上げた。背中の赤子を揺すり上げると、蒼ざめた顔で足早に行き過ぎた。

二人は門を潜ると敷石を踏んで、玄関式台の前まで進んだ。庭は落ち葉の一つもないほどに、掃除が行き届いている。

「御免なせえ」

声を張り上げたのは、遊び人である。よく通る声だったが、稽古の音にかき消されて、三度目にようやく若い門弟が現れた。手拭いで額の汗をふいている。

「こちらは、熊澤辰之丞様というご浪人で、あっしは参吉。この熊澤様が、団野道場のご師範から一手ご教授願いたい、とまあそういうわけでさ。お伝え願いますかい」

いかにも舐めた口の利きようだった。名門道場を怖れる気配は微塵もない。

「な、何と」

受けた門弟は目を見張った。

文化年間に入って、江戸市中には百を超す剣術の町道場があった。その中で直心影流の団野道場といえば、五指に数えられる名門といえた。まさかそこへ、道場破りが現れるとは思いもしなかったからである。

命知らずな。

まずそう思った。だが熊澤という浪人者が醸し出すにおいには、不気味なものがあった。刀を落とし差しにして柄に片肘を乗せた姿は、いかにもだらしなく見えた。けれども、むやみに打ちかかれば、こちらが逆にやられてしまうのではないか。そういう虞も一方に感じたのである。

「当道場では、他流試合は禁止されておる。立ち合いをすることはできぬ」

何かあった場合は、そう応えろと師範代から言われていた。門弟はその通りに伝えた。

「ほう、やる前から逃げを打とうってえわけかい。天下に名の轟く団野道場も、肝っ玉の小せえことだな」

そう言って参吉と名乗った男は、土足の片足を玄関式台にかけた。顔が映るほどに磨き抜かれた式台である。

あまりに無礼な態度に、門弟はかっとなったが怒りを抑えた。挑発に乗ってはならぬと、常々言われている。

「じゃあ、引き上げやしょうか。門に掛けてある看板をもらって」

「そうだな。噂ほどもない、滓道場だ」

二人は、去って行こうとした。

「ま、待てっ」

このとき、若い門弟は完全に逆上していた。看板を持ち去られては、道場破りに屈服したことになる。

奥へ駆け込んだ。

「そうか。ふざけた奴らが現れたな」

知らせを受けたのは、笠松陣内という初老の剣士だった。

このとき道場主の団野源之進と師範代の芹沢多重郎は、朝から連れ立って外出していた。同流派の道場開きが品川であり、招かれていたのである。端午の節句は尚武の節句という意味合いもあり、この日に道場開きを行った。

また幕臣や藩の家臣でもある多くの門弟は、それぞれ紋日の祝いがあり、腕の立つ門弟の多くはこの日道場に来ていなかった。稽古をしていたのは、隠居をした老剣士や初伝の免許を取ったばかりの部屋住みの者といった手合いである。

笠松陣内が、最も上席の門弟だった。師範格はこの人物だけだ。

「いずれにしても、看板を持ち帰らせるわけにはいかぬな」

そう笠松が言うと、若い門弟たちは勢いづいた。土足で玄関式台に足を掛けたと聞いて、多くの者が激昂していた。

「腕の一本もへし折って、追い返してやりましょう」

ということになった。

「だがな。大曽根三樹之助は、まだ現れぬのか」

「まだ見えていません」

前髪の門弟が応えた。

大曽根は、まだ二十二歳だが直心影流の免許皆伝を得ている。団野道場では、師範代に次ぐ腕前の者が四人いて、これを『団野の四天王』と呼んだが、大曽根はその内の一人だった。

道場主は師範代と外出するに当たって、この日一日、大曽根に道場の留守を任せた。四天王の他の三人は、藩の行事などで到着が遅れることは前から分かっていた。

家禄七百石の旗本家の生まれとはいえ、部屋住みの次男坊である大曽根三樹之助には、出なければならない行事などなかった。剣術の稽古以外に何もすることのない門弟である。だからこそ団野は、一日道場を預けることにしたのである。

「そうか、遅いな。何をしておるのだ」

苛立たしげに、笠松は言った。

悪意を持って現れた無礼な訪問者を、道場には上げたくない。老練な笠松は、若い門弟たちのように血気に逸ってはいなかった。たとえ一日だけとはいえ、道場を預かる大曽根の判断を得たいと考えていたのである。

「あいつら、看板をはずそうとしています」

別の門弟が駆け込んできた。こうなるともう、待っているわけにはいかなくなった。

「よし、相手になろう。そして早々に追い返してしまおう」

笠松は腹を決めた。

熊澤と参吉が道場に上がった。稽古をしていた者たちは、すべて壁際に座り、憎しみの目で二人の闖入者(ちんにゅうしゃ)を見詰めた。

団野道場は竹刀稽古が中心である。だが熊澤は、壁に掛けてある木刀を手に取った。打ちようによっては、深い傷害を与えたり受けたりすることになるが、躊躇(ためら)う気配はなかった。よほど腕に自信があると思われた。

びゅうと、風を斬って一振りした。

「澤登(さわのぼり)、いけっ」

笠松は、十八、九の長身の剣士に声を掛けた。大柄な相手と対峙するには、相応(ふさわ)しい背恰好(せかっこう)だった。すでに中伝までの免許を得ている。若手では、将来を嘱望(しょくぼう)されている門弟だった。

澤登ならば、引けを取ることはあるまい。

誰もがそう考えた。澤登自身も、そう感じたはずである。道場破りは、尻尾を巻いて逃げ出してゆくだろう。

「いざ」

正眼に構え合うと、だが澤登は前に出られなかった。緊張が目顔に表れ、額に脂汗が浮かんだ。

反対に熊澤は、まるで隙だらけな様子で木刀を軽く握り、剣尖を上下に揺らしていた。口元には、来たときと同じ薄笑いを浮かべている。両者の身長はほぼ同じくらいのはずだったが、熊澤の方が倍も大きく見えた。

辛抱を切らせた澤登が焦れて動いた。

「やあっ」

裂帛の気合が、道場内に響いた。剣尖は熊澤の脳天を目指している。

だがそれまでだらけているとしか窺えなかった熊澤の巨体が、前に飛び出した。

同時に、木刀が横に払われた。

「ううっ」

骨の折れる、鈍い音が響いた。澤登の体が、前のめりに崩れ落ちた。胴を打たれていた。

道場内は、一瞬しんとした。そして抱き上げるようにして、澤登の体を門弟たちが奥の部屋へ運んでいった。

「もっと、手応えのある門弟さんを出してくださいな。これじゃあ、稽古になりませんぜ」

茶化す口ぶりで、参吉が言った。

「な、何だと」

いきり立つ門弟たちを、笠松が抑えた。並々ならぬ相手の腕前を目前にして、腋(わき)の下に、冷たい汗が流れていた。

「お、おれが相手だ」

次に立ったのは、澤登の兄弟子で園部(そのべ)という門弟である。今いる門弟の中では、一番の腕前の男だった。笠松も、この門弟には勝てない。しかし熊澤と対峙したときどうなるか……。それを想像して、笠松の体に鳥肌が立った。

「大曽根は、どうしたのだ。いったい、何をしているのだ」

胸の内で呟(つぶや)いた。

二

大曽根三樹之助は、朝飯を済ませたならば、すぐにも屋敷を飛び出すつもりだった。

「何事もなかろうがな。ともあれ道場に一日いてほしい」

師の団野源之進から頼まれていた。道場を守れという意味が籠められている。

大曽根屋敷は、大川の東御舟蔵と深川六間堀町に挟まれたあたりにあった。本所亀沢町までならば、走れば四半刻（三十分）とはかからない。

台所の隅で、じっくりと腹ごしらえをした。寝坊をして、女中たちが後片付けをする間際のことだった。

大曽根家では、家の者は、奉公人にいたるまですべて食事を終えていた。当主の左近と嫡子の一学だけが、畳のある食事の間で朝夕を摂った。母親かつと次男の三樹之助は台所である。菜も一品か二品少なかった。

武家では、長男に生まれるか次男以下に生まれるかで、運命は決定的に変わる。食事だけでなく、身につける衣類や受ける学問も、はっきりと差をつけられた。奉公人たちの態度も、兄一学に対するものとはまるで違った。

「まあ、当然のことだな」

と、三樹之助は納得している。

ただそれが嬉しかったわけでは、もちろんない。だから物心ついたときから通っていた団野道場では、日ごろの憂さを晴らすように、剣術の稽古に打ち込んだ。剣士としても武士としても、一人前に扱われるようになりたいと考えたからである。

父左近は、御納戸頭を務める七百石の旗本だが、これは兄一学が継ぐ。そして三樹之助は、半年前までは婿に行くことが決まっていた。

相手は家禄二百俵の御蔵奉行袴田彦太夫の長女美乃里である。親同士が昵懇だったせいもあって、四年前に話が決まった。袴田家には二女があったが、男子はいなかった。

美乃里は三歳年下で、きりりとした眼差しの賢そうな娘だった。外から見ると、美貌な上に目から鼻に抜けるような才気を感じさせるので、取っ付きにくい印象を与えた。

初めの一年半ほどは、会うことも珍しかった。あれは秋も深まった八月の終わりごろだった。稽古を済ませた三樹之助は、富岡八幡宮へ出かけた。直心影流剣法の上達を祈願しに行ったのである。

そこで美乃里の姿を見かけた。御籤売り場の庇の下で、一人で佇んでいた。困惑の眼差しだった。

「いかがなされた」

何事もない様子なら、声はかけなかった。気づかぬふりで立ち去ったはずである。

「まあ、三樹之助さま」

いきなり声をかけられた美乃里は驚いたという顔をしたが、すぐに手にしていた紙切れを差し出した。御籤である。『大凶』と記されてあった。

「おばあさまの病快癒（やまいかいゆ）の祈願に参ったのですが、このような籤を引いてしまいました」

紙片を覗いてみると、『病快癒の見込みなし』と文字が読めた。せっかく祈願に詣（もう）でながら、このような籤を引いてしまって途方に暮れていたのである。半分べそをかいていた。

「なあに、どうということもない」

三樹之助はその御籤を手に取ると、近くの樹木の枝に括（くく）りつけた。そして瞑目合掌（めいもくがっしょう）した。美乃里もそれに合わせている。

「さあ、もう一度引いてみましょう」

三樹之助は美乃里を促した。

「はい」

真剣な面持ちで、もう一度引きなおした。次に出たのは『末吉』だった。

「いかがですかな」

「これならば」

ほっとした顔に、笑みが浮かんだ。愛らしい笑みだった。美乃里の祖母は癪を病んでいたが、このときは明日をも知れぬ容態だった。それが御籤のせいかどうか分からなかったが、いったん回復した。

半月後、稽古を終えて道場を出ると、美乃里が立っていた。恥じらいの顔で、礼を言ったのである。稽古が終わるのを、待っていたのだ。

親が決めた許嫁同士だったが、これで恋心が芽生えた。

共に祝言を挙げるのを、心待ちにするようになっていた。

ところが、とんでもないことが起こった。半年前の十二月の初め、美乃里は自ら命を絶ってしまったのである。

五千石の大身旗本小笠原監物の嫡男正親という者におもちゃにされた。三樹之助に申し訳ないというのが、最期の言葉だった。

小笠原監物は留守居役で、万石級の格である。同じ旗本でも、七百石の大曽根家や二百俵の袴田家では太刀打ちできる相手ではなかった。

それでも自害した直後は、袴田家も大曽根家の者も憤慨し、目付に訴えを出そうという話になった。

懐剣で胸を突いた姿は、あまりにも痛々しかった。手籠にしてそのまま逃げた正親からは、美乃里の自裁を伝えても、何の音沙汰もなかった。

だが書類を調え提出の矢先になったとき、これを止める声が袴田や大曽根の親戚筋から上がった。

小笠原は幕閣に太い繫がりがあり、監物も正親も傲慢な男だった。目付に訴えれば、もみ消されるだけでなく、激烈な報復を受けるだろうという意見だ。

また正親は、殺人を犯したわけではなかった。形としてはあくまでも美乃里の自裁である。よしんば咎めがあったとしても、微罪にしかならないはずである。

ところがこちらは、下手をすれば些細なことに難癖をつけられ、家が取り潰される虞も充分にあった。

袴田家は、この言葉に怯んだ。初めは強気の発言をしていた大曽根左近も、それきり口をつぐんでしまった。

目付への訴えは、出されなかった。

そして年が明けた三月に、袴田彦太夫は三百俵高の日光奉行支配組頭を命じられた。実質的な、百俵の加増と昇進だった。小笠原が背後で手を回したのは明らかだった。体よく江戸から追い払おうとしたのである。

彦太夫はこれを受け、四月になる前に、一族で江戸を発っていった。家督は美乃里の妹茜に婿を取るということだった。

こういう決着のつけ方に三樹之助は憤慨したが、部屋住みの身の上としてはどうすることもできなかった。

「大曽根家を潰すのか」

しぶとく目付への届出を主張する三樹之助に、左近はそう怒鳴りつけた。

親族のすべての者が同じ意見だった。袴田家の者たちは、すでに日光へ発っている。三樹之助は言葉を呑み込んだ。けれどもそれは、小笠原正親を許したということではなかった。

恨みと憎しみが胸の奥に潜んだだけである。物事にあまりこだわらない楽天的な質の三樹之助だが、この一件については別だった。

武家の世界の醜さを、正面から見せ付けられた気がした。

「まだ、ご飯を食べておいでですか」

もう少しで食事が済みそうになったところで、母のかつがやって来た。いつもより
も生真面目な顔付きをしていた。
もともとは細かいことに口うるさいところがあったが、美乃里の一件があってから
は、それがだいぶ穏やかになった。多少は三樹之助に気を使っているらしかった。
「お客様がおいでです。奥の間にお出でになるようにと、お父上からのお言葉です」
「はい、ただ今。それでお客様とは」
美乃里のことがあってから、父とは互いに顔を合わせないようにしていた。今日は
非番で屋敷にいる。できるだけ話をしたくない気持ちだったが、来客とあってはしか
たがなかった。
「長谷川藤内(はせがわとうない)さまです」
父方の叔父(おじ)だった。二十数年前に、大曽根家から九百石の旗本家へ婿入りした。家
禄は実家よりも上なので、どこか高慢な気配があった。
三樹之助にしてみれば、さっさと道場へ行きたいところである。厄介なと思ったが、
口には出さなかった。
奥の間へ行くと、父と叔父が談笑していた。三樹之助が部屋に入ると、長谷川は背
筋を伸ばしてこちらへ目を向けた。

「おう、達者でおったか。あれからつつがなく過ごしておるか」

優しげな声で問いかけてきた。美乃里のことで目付に訴えを出すことを反対した人物である。

「はい。つつがなく」

「そうか。ならば重畳(ちょうじょう)だ。そこでだ、その方もいろいろと無念なことがあったであろうが、どうだここで気持ちを変えて、婿入り話を進めてみては。あれからもう、半年になるからな」

「………」

「またとない縁談だ。相手はな、二千石のご大身だぞ」

かつがいつの間にか、脇に座っていた。腰を据えて話をしようという構えだ。

半月前にも、入り婿の話があったが、三樹之助は断っている。そのときは両親ともあっさり引いたが、今日は様子が違った。

「それは、話がまとまれば名誉なことだが」

父は慎重な物言いをした。しかし目には喜色があった。片膝を乗り出している。家禄の高低やどの役職についているかには、敏感な人物だった。

かつは、瞬(まばた)きもしないで次の言葉を待っている。この夫婦はよく喧嘩をするが、ものの考え方は似ていた。

「御小普請支配を務める酒井織部様のご息女で志保どのと申される。歳は三樹之助より一つ年上の二十三歳だが、なあに、そのようなことは問題ない」

「なるほど、酒井様か。ならば申し分ないな。家禄二千石ながら、役高三千石の御小普請支配をなさっているお方だ。城内では、やり手だということで評判のお方だ」

はっきりと相好を崩して、左近はかつと三樹之助に言った。叔父は大げさに何度も頷いている。

「なるほど。ならば何としてもまとめなくてはなりませぬな」

かつの顔が上気している。

「いや、お待ちください。私には、そのような気持ちはまだございませぬ」

三樹之助ははっきりと口に出した。美乃里の自裁は、まだ昨日のことのように心に残っている。

「その方の気持ちは、分からぬでもないがな。いつまでも部屋住みでいるわけにはゆくまいぞ。いずれは婿に行かねばならぬ身の上だ」

高飛車には言わないが、長谷川の口ぶりは執拗だった。またとない縁談であること、婿となって世に出ることが、いかに次男として生まれた者の本分であるかということを語った。

左近もかつも、いちいち頷いて聞いていた。前回の縁談のときとは、まるで様子が違った。

「志保どのはな、評判の器量よしだそうな。茶の湯や琴をなされる才媛だ。三人姉妹の長女でな」

黙っていると、長谷川は続けた。三樹之助は、道場が気がかりになっていた。すでにだいぶ遅れている。

「ただな、志保どのは一度婿を取っているが、離縁をした。二度目だそうな」

「そのようなことは、差し障りにはならぬ。望外な話だ。ぜひ進めてもらおう」

左近は弟に言った。三樹之助が無言でいることを、承諾と受け取ったようだ。

「いえ、それはなりません」

道場のことも気になるが、ここをいい加減にするわけにはいかないと考えた。

「そうか。ならばまずは顔見せということにいたそう。見合いなどでは堅苦しいからな。会ってみて気に入らなければ、断ればよいのだ」

「さよう、顔見せはよいかも知れぬな」

「ならば、先様に伝えましょう。はっは」

長谷川が声を上げて笑うと、左近もかつも笑った。

「ではわしは、これでご無礼いたそう」

三樹之助が何か言い出そうとするのを、妨げる口調だった。さっさと部屋を出て行ってしまった。

「叔父上」

声を掛けたが、振り向きもしなかった。

「よいではありませぬか。ただそれとなく会うくらいは。向こうも気に入らなければ、断ってきますから」

かつは、そういう言い方をした。

叔父が言った「いずれは婿に行かなくてはならぬ身の上」という言葉の意味を、三樹之助はよく分かっている。だがこの半年は、前に考えたほどは切実に感じなくなっていた。

婿の口がなければ、団野道場の師範代にでもなればいい。そんなことが頭をよぎるようになった。

言いたいことがあっても、口を閉ざさなくてはならない世界よりも、よほど気が楽ではないかと思うのだ。

「よいか、三樹之助。よく聞け。我が家のご先祖様はな、関ヶ原では槍で敵の大将首を取り、今日の繁栄の礎を築かれた。槍働きがあったればこその、武門の家柄だ。その方は、この尊い血を受け継いでいるのだ。部屋住みのまま、無為に日を送ってはならぬ」

もう何度も聞かされた話である。左近の十八番だった。これが始まると、話が長くなる。うんざりしたが、顔には出さぬようにした。怒らせてしまうと、屋敷を出られなくなる。

「そこでご先祖様はな、勇猛果敢にも……」

ただただ話が早く終わることを祈った。

母屋の裏手に、土蔵がある。そこには先祖が手柄をたてたという槍が、がらくたと一緒に放り込まれている。その穂先が錆びていることを知っているのは、家中では自分だけだ。昼寝をするために、土蔵にはちょくちょく忍び込んでいたからである。

ただそのことも、三樹之助は口にしなかった。言えば「なぜその方が磨かぬのだ」と話はさらに長くなる。

父親の話が済んだのは、久々に晴れた五月の日差しが、そろそろ中天に昇ろうかという刻限だった。

三

ようやく放免された三樹之助は、屋敷を飛び出した。足早に歩いた。何事もあるまいとは思うが、微かな胸騒ぎがあった。

広大な御舟蔵の建物を左手に見ながら、北へ向かった。水溜まりが中天の日差しを撥ね返している。それを飛び越えた。ちらほらと通行人の姿があって、道端で遊んでいる子どももいた。

「うむっ」

三樹之助は立ち止まった。そして背後を振り返った。何者かに、見詰められている気がしたからである。

僧侶と金魚の振り売り、子守りの老婆、それに商家の小僧の姿が目に入った。やや離れたところに供侍（ともざむらい）を従えた大身の武家の駕籠（かご）があったが、怪しい気配の者はどこにも窺えなかった。

再び歩き出す。竪川（たてかわ）を越え、本所相生町（あいおいちょう）に入ると人通りが少し多くなった。

ここでも立ち止まって、後ろを振り返った。だがおかしな気配は見当たらなかった。

がらがらと行き過ぎる荷車が、水溜まりの泥水を散らした。

町家が過ぎれば武家地になって、その先に亀沢町があった。

夏の日差しを浴びて歩くから、汗をかいた。歩いているうちに、誰かに見られているという気配など忘れてしまった。

「何だ、あれは」

団野道場の門前に、人が集まっている。稽古着姿の門弟の中に大柄な浪人者と遊び人ふうがいて、看板に手を掛けていた。門弟たちの目の色や面差しが変わっているが、声を上げる者はなかった。

近寄ると、門弟の一人が三樹之助に気がついた。

「あっ大曽根さん、たいへんなことになってしまいました。道場破りです。澤登さんと園部さんがやられました。笠松様も不覚をとられて……。我々には手も足も出ません。立ち向かう相手がいないので、やつらは看板を持ち去ろうとしているのです」

若い門弟は悲痛な声で言った。今にも泣き出しそうだ。

「分かった」

他流試合はご法度（はっと）だが、拒みきれなかったものと思われた。

巨軀蓬髪（きょくほうはつ）の浪人者が、腕組みをしながら三樹之助に目を向けていた。看板を剝（は）がそうとしていた遊び人も、それに気が付いて手を止めた。

他の門弟たちは、あっと声を上げた。

ほっとした顔をした者もいるが、多くの者は不安げにこちらを見た。そのことが、道場破りの腕前が生半可なものではないことを告げていた。多くの門弟たちは、三樹之助も敗れるのではないかと案じているのだ。

「あんた、この道場の門弟かい」

遊び人は、舐めた言い方をした。値踏みするように、頭のてっぺんから爪先まで視線を這わせると、ふんと鼻を鳴らした。

「そうだ。看板を持ち去るのはやめてもらおう」

「じゃあ、熊澤の旦那の相手をしようというんですかい。命知らずだねえ、旦那は。素直に看板を渡せば、怪我などしないで済むのにさ」

熊澤という浪人者は、無造作に立っているように見えるが隙はなかった。口元に嗤いが浮かんでいる。

巨軀というだけではなかった。立ち姿を見ただけで、かなりの遣い手だということが伝わってきた。

「道場へ、ご足労願おう」

禁止されている他流試合だが、こうなってしまえば、戦わないわけにはいかなかった。

道場内で、笠松からことのあらましを聞いた。

笠松も二の腕に白布を巻いて、肩から吊っていた。蒼ざめた顔で、目蓋がときおりひくついた。

「腹を切って団野先生に詫びるつもりだ」

「いや、私が遅れたのがいけなかったのです」

三樹之助は、壁の木刀を手に取った。

開いた武者窓の向こうは、樹木から漏れる日差しが、きらきらと輝いて見えた。

熊澤と対峙した。

壁際に正座した門弟たちは、固唾を呑んで試合の成り行きを見詰めた。胡坐をかいて座っているのは、参吉という遊び人だけだった。

共に正眼に構えた。だが熊澤の姿は、見たところどこかが崩れていた。

剣尖だけでなく、体も小さく不規則に揺れていた。

木刀の握りも甘い。

だが迂闊に踏み込むのは危険だった。軸足に、充分な力が溜められているのが、微かな前傾姿勢の中に感じられた。こちらが苛立(いらだ)って攻め込むのを待っている。道場で磨いた剣法とは思えなかった。実践で鍛えられた攻撃の構えだろう。そういう自信が、眼前の男の身ごなしにあった。

三樹之助は、じりと前に出た。正眼から上段へと、徐々に構えを変えてゆく。

と、そのとき。熊澤の剣尖が疾風(しっぷう)のように突進してきた。喉元を狙っている。

「たあ」

鋭い声だった。緩く構えていた姿からは想像も出来ない声の響きで、剣尖には勢いがあった。

「何の」

三樹之助は上段から、木刀を熊澤の肩をめがけて振り下ろした。体を斜めに傾けて前に出ている。突きをかわす狙いと、打ち込む先を肩から木刀の峰に変える算段だった。

木刀を打ち落とすのだ。

ここへいたっても柄の握りに、甘さを感じたからである。

けれども熊澤は、こちらの企(たくら)みに気付いた。体を横に飛ばして、上からの攻撃を撥ね上げた。

だが三樹之助の動きは柔軟で粘りがあった。腰が入っている。離れずそのまま木刀を振り下ろした。勢いがあった。木刀のぶつかる激しい音が、周囲の空気を引き裂いた。

真剣ならば鍔(つば)がある。鍔がない木刀は、そのまま滑って相手の握る手の甲を直撃した。

「ううっ」

一瞬の手応えで、手の甲の骨が折れたのが分かった。熊澤の木刀が、床板の上に転がった。

「わあっ」

それを認めた門弟たちが、歓喜の声を上げた。

熊澤は木刀を拾おうとしたが、折れた指ではかなわなかった。顔を歪(ゆが)ませていた。

「去れっ。二度と来るな」

三樹之助が叫んだ。

二人の道場破りは、誰とも目を合わせることもなく道場を出て行った。

「団野道場を舐めるなっ」

足早に去る背中に向けて、誰かが言った。

「そうだそうだ」

と応じる声が、次々に上がった。

そのとき、武者窓から何名かの野次馬（やじうま）が、道場の模様を覗いていたのに三樹之助は気がついた。彼らはこちらの腕前を称えながら去って行く。

ただそれだけではなかった。じっと自分を見詰めている者の気配を感じた。だが誰に見られているのかは見当もつかなかった。

何者だと、武者窓へ近づこうとしたとき声を掛けられた。

「大曽根、見事だった」

笠松である。顔に赤味が差して目に涙の膜（まく）ができていた。看板を奪われずに済んだ安堵のせいだ。他の門弟たちも寄ってきた。どの顔も喜色満面で、興奮していた。

四

夕刻になって、師の団野源之進と師範代芹沢多重郎が品川から戻ってきた。

無体（むたい）に看板を持ち去ろうとしたとはいえ、禁じられていた他流試合に応じてしまった。そして三人もの怪我人を出してしまったのである。

しかも朝から詰めていなければならなかった三樹之助がやって来たのは、正午近くだった。

道場破りを追い返した直後は、浮かれた気分になった。だが時がたつと、気持ちが変わった。

三樹之助も笠松も、褒(ほ)められるとは思っていない。叱責(しっせき)は覚悟していた。まさか破(は)門(もん)はないだろうと、それだけは願っていた。

師が帰ってくる頃には、道場の主だった面々も顔を揃える。端午の節句の祝いを、道場でも行うことになっていた。

団野と芹沢は、苦虫を噛(か)み潰(つぶ)したような顔で笠松の報告を聞いた。横で三樹之助は項垂(うなだ)れていた。

「大曽根は、なぜ遅れたのか」

聞き終えた団野が言った。

「屋敷で足止めを喰ってしまいました。申し訳ありません」

両手をついて、畳に額をこすりつけた。入り婿の話があったことについては、触れなかった。それは私事である。

「そうか」

顰め面のまま団野は腕組みをした。

「奴らを道場に入れたのは、某の責でござる。不覚でござった」

笠松も深く頭を下げた。

「このたびの騒動は、その方らの不手際である。半月の間、道場での稽古を差し止める」

長い説教や叱責はなかった。団野は二人の顔を交互に見ながら、そう断じた。

「はい」

三樹之助と笠松は再び両手をついた。寛大な処置だった。半月という期間は、笠松の腕の治療には都合のよい期間であるのかもしれない。ほっと一息ついた。

早々に道場を出た。すでに西空の夕焼けも、濃くなっている。

「大曽根さん」

門を出て歩き始めると、背後から声を掛けられた。何人かの追いかけてくる足音があった。

振り返ると、昼間道場にいた若手の門弟たちである。三人いた。

「これは、芹沢先生からの差し入れです」

栗原という弟弟子が、一升徳利二つと押し寿司の包みを手で持ち上げて示した。

道場破りを追い払ったときと同じ笑顔だ。他の二人も同様である。

道場の法度を破った以上は、処分を下さないわけにはいかない。しかし心情としては、精一杯のことをした若い者をねぎらってやろう。そういう気持ちだと解釈できた。

「ありがたいな」

これは芹沢だけでなく、団野の気持ちも混じっているのだと思った。

「では、あそこの二階でゆっくりやるか」

三樹之助は、町の外れにある湯屋(ゆや)を指差した。夕焼けに染まった煙突から、煙が上がっている。稽古帰りに、朋輩(ほうばい)同士でよく利用していた。番頭とは顔見知りである。少々の無理は聞いてくれるだろう。

「ええ、汗を流してさっぱりしてからですね」

皆が笑った。

湯屋は、江戸の町々にはたいてい一軒はあった。どれほどの大店(おおだな)でも、家風呂を備えているところはなかった。裏長屋の住人と同じに、湯屋の浴槽に体を沈めた。いや町人だけではない。武家も大身旗本ならばいざ知らず、小旗本や御家人は湯屋を利用した。

江戸は水の不便な町である。特に下町は、家康(いえやす)が入城してから埋め立てられた土地が多いから、良質の水を得るのが難しかった。また燃料になる薪の値段も馬鹿にならなかった。そしてひとたび火災に遭えば、いくつもの町が灰燼(かいじん)に帰することになる。

　文化年間、江戸に湯屋は六百軒あまりあった。

　家禄七百石の大曽根家には、さすがに内風呂があったが、三樹之助が入れるのは父や兄が入った後である。二人の帰りが遅くなれば、待たなければならなかった。

　稽古の後は、この亀沢町の湯屋で汗を流すほうが、よほど気楽だった。

　男湯と墨書(ぼくしょ)された腰高障子を引いて、中へ入る。畳数枚分の土間があって、脇に番台があった。初老の番頭が座って、客と話をしていた。

「いらっしゃい」

　入浴料は十文で、糠袋(ぬかぶくろ)を借りる。中に入れる糠は四文で買い、使用後に袋だけを番台に返す。今日は端午の節句という紋日だから、番台には大振りな三方(さんぼう)が置かれて、紙に包んだ御捻り(おひね)が山のように積まれている。中身は銭十二文で、松の内や初午(はつうま)、七夕の節句といった紋日には入浴料の他に心付けをするのが習わしだった。

　もり蕎麦(そば)一枚十六文、茄子(なす)十個で三十八文という値段を考えると、かなり安い。

　酒徳利と押し寿司は、番台に預かってもらった。手拭いのない者は、番台の横に掛けてあるものを借りた。

板の間はかなり混んでいる。仕事を終えた職人や人足、中間などがいて、俠み肌の男の背中には般若の彫物が見えた。

三樹之助ら四名は、壁の刀掛けに腰の物を掛ける。板の間の通路に面した部分は連子窓になっていて、その下にある衣装戸棚に、着ていたものを押し込んだ。

裸になってしまえば、武家も町人も僧侶もない。

「すまんな、通らしてもらおう」

湯上がりの体を拭ったり、脱いだり着たりしている浴客を掻き分けて、流し板へ出る。ここは、汲んだ桶の湯で体を洗う場所だ。中央に溝があり、汚水が外へ流れる仕組みである。隅に使用済みになった糠を捨てる桶が置いてあった。

手拭いで前を押さえて奥まで行くと、入口に天上から下がる形で開け閉てができない板戸にぶつかる。腰から胸のあたりより下が開いていて、ここを潜って浴槽に入るのだ。これを石榴口といった。

湯気を逃がさない工夫である。

上部は破風造りの屋根の形をしていて、両端の柱は黒漆塗りで金色に輝く真鍮飾りがついていた。上部の三枚の戸には、虎や牡丹を描いた蒔絵が貼り付けられている。どこの湯屋でも、もっとも華美な装飾が施してある部分だ。

石榴口を潜って中へ入ると、菖蒲のつんとくるにおいが鼻を刺した。

今日は菖蒲湯である。

ただ湯桶のある場所は暗いので、菖蒲は見えない。一尺四方の小窓が天井近くにあるが、もう日が落ちて明かりはなかった。

闇に近い中で、湯気が籠っている。

「田舎ものでございい。枝が障ります。御免なさい」

多くの者が、そんなことを言いながらすり足で近づいて湯船に手を触れる。湯に浸かっている者も、ここに入っているよという意味で咳払いなどをする。そうでないと頭を踏みつけられたり、おんぶしてしまったりということになる。

「馬じゃ馬じゃ」

栗原が偉そうな声を上げた。かなりはしゃいでいる。これは荒っぽい男が、人混みを掻き分けてゆくときに使う言葉だ。

「何をぬかすか。それほど立派な持ち物ではあるまいが」

どこかから、嗄れ声が響いてきた。

「なるほど、それはそうだ」

三樹之助が笑うと、湯船にいた一同がどっと笑った。

「熱いな、この湯は。水でうめろ」

一番若い門弟が、湯船に足を入れかけて悲鳴を上げた。

「やわなことを言うねい。この程度が熱くて、江戸の湯屋へ入れるか」

首まで湯に浸かった頭の禿げ上がった爺さんが、たしなめた。この頃になると、闇に目がだいぶ慣れてきている。湯気の中に、熱湯にも拘わらずいくつもの頭が湯船に浮いていた。

湯船の広さは九尺四方。縁に尻を乗せて足だけ突っ込んでいる者も少なくない。三樹之助は覚悟を決めて湯に体を沈めた。熱いというよりも、全身が痛い。

体を洗い、湯から上がると、板の間の端にある段梯子を上ってゆく。もちろん番台に預けていた一升徳利と押し寿司は受け取っている。

広い二階座敷では、往来に面した勾欄に腰掛けて涼んだり、囲碁将棋に興じたり、茶や菓子を食いながら無駄話を楽しんだりする。八文の茶代という名の場所代を払って、三樹之助ら四人は、部屋の一角を占めた。

「いやあ、今日の大曽根さんの動きは素早かった。私には、ぶつかった瞬間には、もうあ奴が木刀を落としたように見えました」

皆で押し寿司をつまみながら茶碗酒を飲んだ。話題はやはり、昼間の道場破りのことになった。三人は、心酔の面持ちで三樹之助を見ている。

「お武家さん方は、団野道場の方たちですね。おや、あなたはあの道場破りを追い払った門弟さんじゃないですか」

　隣で話を聞いていたらしい浴衣姿の爺さんが、声を掛けてきた。血色のいい頭の禿げ上がった爺さんで、先ほどは湯船の熱湯に顔色も変えずに浸かっていた。

「たいした腕だったねえ。近々師範代の芹沢先生がご勇退なさるってえ話を耳にしたが、後任はあなたですかね。あなたの腕ならば、団野道場も磐石だ」

　道場の様子を、覗き見していたのだという。

「ほう、こちらのお武家さんかい。そんならおいらの寿司も食ってもらおう」

　そう言ったのは、般若の彫物を背負った俠み肌の男である。この男は道場の様子は見ていなかったが、噂はもう町中に広がっているという。

「そうですね。大曽根さんが師範代になってくれたら、私らも稽古に張り合いが出ますね」

「うむ。団野先生のお気持ちも決まっているのではないか。今日の寛大なご処置も、その表れだろう」

　栗原が言うと、他の門弟も相槌を打った。

「おう、おれの饅頭(まんじゆう)も食ってくれ。話を聞いて、すっきりしやしたぜ」

将棋を指していた中年の職人ふうも、話に加わった。饅頭と酒では合わないが、そんなことは気にしない。皆で回し飲みしたので、二升の酒など瞬く間になくなった。するとどこから降って湧いたか、

「飲んでくれ。次代の師範代さんよ」

追加の一升徳利が差し出された。

何度も言われていると、三樹之助は本当に自分が団野道場の師範代になれる気がしてきた。

美乃里が亡くなってしまった今、旗本家の婿になることに、なんの喜びも感じない。屋敷など飛び出して、師範代として道場に住み込むのも悪くないのではないか。そして毎日この湯屋へ通ってこよう。そんなことを考えた。

五

「あなたは、もう少しきっちりとした着こなしが出来ないのですか。だらしがない」

母かつが、兄一学からの借り着の紋服を身につけた三樹之助に小言を言っている。

上機嫌だ。絶え間なく口を動かしているが、同時に手も動いて、着付けを直していった。

こういうことをされるのは、物心ついてから初めてである。苦情を言われるだけで、手ずから直してもらうなどはなかった。

白足袋（しろたび）も、新品が用意されていた。

今日は麴町（こうじまち）にある酒井織部の屋敷へ、三樹之助と父左近、それに一学が招かれていた。庭の花を愛（め）でながら、茶でもいかがかという誘いを受けたのである。

三樹之助にしてみれば気の重い話だったが、口をはさむ隙はなかった。

茶会は建前で、これは実質的な三樹之助と志保の見合いであった。左近もかつも、この縁談をぜひにもまとめなければならぬと勇み立っている。

美乃里のことなど、おくびにもださない。

叔父の長谷川藤内が話を持ってきてから、まだ五日しかたっていなかった。

「織部殿はな、そなたの団野道場での評判を耳にされたそうだ」

左近は満足そうだった。今までは屋敷にいても、声を掛けられるなどはなかった。廊下や庭などで会っても、一瞥（いちべつ）もくれないことは珍しくなかったのである。

奉公人とさして変わらない暮らしをしていたが、事態が変わった。

左近だけが駕籠に乗り、一学と三樹之助は歩いた。空は厚い雲に覆われているが、雨が降るまでにはなっていなかった。槍持ちや草履取りの中間を口入れ屋を通して一日だけ雇い、五人ほどを供にした。かなり見栄を張った。

「これはこれは、ようこそお越し下された」

織部は、玄関式台まで迎えに出た。

屋敷は間口四十間ほどで、門番所付長屋門である。大曽根屋敷の倍以上の規模だった。玄関先まで、石畳が敷かれていた。

手入れされた庭には、高木の樹木から背丈の低い庭木まで配置を吟味して植栽されている。金絲梅や梔子、南天などが花を咲かせていた。

庭のほぼ中央に池があって、その畔に藁葺屋根の茶室があった。古い建物だ。酒井家が代々手入れをしてきた茶室だと、織部は嬉しそうに話した。

「今日は拙者が濃茶を、志保が薄茶を点てることにいたしまする」

三樹之助を頼もしそうに見ながら、織部は言った。

正客は左近、次客が一学で三樹之助はその次に座った。六畳の茶室である。紫露草が竹籠に活けられて、床の間に飾られていた。

まず一汁三菜の懐石料理が運ばれてきた。

「これはな、腹をくちくするための料理ではないぞ。茶をうまく飲むための料理だ。万事は、おれがするのを真似ていればいい」

一学からそう言われた。兄は茶道に精通している。酒も饗(きょう)されたが、もちろんこれも酔うためのものではなかった。

懐石のもてなしをしたのは織部である。まだ志保は一度も姿を現してはいなかった。織部は酒井家の来歴について語った。

「我が家は、徳川四天王の一人といわれた酒井忠勝(ただかつ)を祖に持つものでござってな、徳川家のお役に立つべく過ごしてまいった。拙者も、精一杯ご奉公するつもりでござる」

「さようでござるか。なかなかの心がけでござるな」

織部の言葉を、いかにも感じ入ったという顔付きで左近は聞いた。酒井家が名門の流れであることぐらいは、百も承知していた。だからこそ、この縁談をまとめたいと考えているのである。

「御小普請支配という重責を見事に務められ、能吏(のうり)の誉(ほま)れも高く、こうしてお目にかかれますのは、望外の喜びでござる」

卑屈とも思える笑みを浮かべて、左近は織部に話しかけている。偉そうにしている屋敷での顔と比べれば別人だ。三樹之助はそ知らぬ顔で前を見ていた。料理は旨くも不味くもなく、味を感じなかった。

一学も何も言わず、箸を使っている。

「三樹之助殿は直心影流団野道場の気鋭だそうでござるな。何でも数日前には、無法な道場破りを見事に追い返したそうな」

「……………」

話を振られた三樹之助は、覚えず口の中にあった牛蒡を呑み込んだ。

何でそんなことを、織部が知っているのかと訝った。左近やかつはもちろん、一学にさえ話していなかった。

「弟弟子からは人望があり、道場主からは将来を嘱望されているとのこと。会ってみて、さもありなんと思いましたぞ」

口に笑みを浮かべた。意外に、人懐こい顔に見えた。

「はっ」

他には応えようがなく、箸を置いてそれだけ言った。この人は、自分について誰かに調べさせたのだろうと考えた。いや、どこかで見ていたのかもしれない。

そう頭を巡らせたとき、あることを思い出した。あの道場破りがあった日のことだ。

何者かに見張られていると何度か感じた。屋敷から道場へ向かう途中で振り返ると、背後に大身の使う武家駕籠があった。

あれに、乗っていたのではないか。

道場破りのことは、団野道場にしてみれば大きな出来事だったが、大身旗本の知るところではない。

膳が片付けられると、いよいよ点前となる。

風炉に掛けられた釜の湯が、小さな音を立てている。多少蒸し暑いが、湯の音を聞くともなく聞いていると、不思議に気持ちが休まった。

志保がどのような女子であろうと、それはどうでもよかった。自分にとって、美乃里に勝る存在はこの世にはない。今日一日会うだけの相手だと思っていた。

濃茶点前が済むと、いよいよ薄茶ということになった。

織部も末席の客として、三樹之助の隣に座った。水屋に、人の立ち居の微かな気配があった。志保が茶道具の用意をしているのかと思われた。

戸の向こう側に人が座った。手が添えられ、ゆっくりと開かれた。客の三人は、だれも志保の顔を見たことがない。

左近が、囁きよりも小さくあっと息を吞んだ。一学は膝の上にあった手で、袴を強く握った。三樹之助は二人の驚きを横目で見てから、現れた女の横顔に目をやった。うりざね顔で目鼻立ちが整っているのは話に聞いたのと同じだが、それだけではない。輝くような艶(つや)のある濃い黒髪に、小ぶりなびらびら簪(かんざし)の先が揺れている。化粧はほとんどしていないが色白で、肌が透き通っている。薄い唇に僅(わず)かに朱色の紅がのっていた。

きっちりと結ばれた、意志のある唇。だがそれよりも「ほう」という驚きが胸にきざしたのは、眼差しに何の気持ちの変化も現れていないことだった。

ふてぶてしさも恥じらいも、緊張も、客をもてなそうという気持ちも、何も伝わってこない。美しく精巧なからくり人形が、茶道具を携えて目の前に現れた。そういう印象だった。

ごく微かに、甘い香のにおいが鼻をかすめた。

柄杓(ひしゃく)を構え釜の蓋を取ると、室内に湯気が立ち昇る。引き柄杓。その柄の端に止まった一瞬の指先が、ひどく鋭いものに三樹之助は感じた。

華奢(きゃしゃ)な指先だが、しぶとくて強靭(きょうじん)な刃物のようだった。

茶が点てられてゆく。よどみない茶筅(ちゃせん)の音。湯の音。堪え切れなくなったのだろう、左近がふうっと息を吐いた。

「どうぞ」

三つ目に点てられた茶は、三樹之助のものである。志保は僅かにこちらの顔を見たが、やはり感情の動きは窺えなかった。

織部は愛娘(まなむすめ)が茶を点てるのを、目を細めて見詰めている。家の来歴を話していたときとは、別人の眼差しだった。

茶は、思いがけず旨かった。

「けっこうなお点前でした」

作法通りのことを口に出した。茶碗を受け取った志保は、三樹之助には顔を向けずに、小さく頭を下げた。

「志保が案内いたすゆえ、庭でもごらんになってはいかがか」

茶道具を携えて、茶室から志保が出るのを見送った織部が三樹之助に言った。満足そうな顔付きだ。志保は三人姉妹の長女だが、一度婚姻(こんいん)に失敗している。不憫(ふびん)だという気持ちがあるのだろう。

「それがよい。そうしていただくのがよろしかろう」

左近も、ほっとした声でそう言った。かなり緊張していた気配だ。

茶室の外に出て待っていると、女の足音が聞こえた。志保だった。

「どうぞ」

にこりともしないで、池の先に手を指し示した。茶室で見たときと同じ白い華奢な指先だった。先に立って歩いてゆく。空はやって来たときよりも雲が厚くなって、今にも雨が降りそうだった。

池に沿って進むと、高台になって東屋があった。人が二、三人も入れば、いっぱいになってしまいそうな建物である。切り株を使った腰掛が三つあった。そこからは、母屋に囲まれた庭と茶室がよく見えた。

茶室を出たときから、あとをついてくる初老の女がいた。侍女だろうか、五十がらみのやや肥えた女だ。目が合うと、小さく目礼したが、目はこちらを値踏みする眼差しだった。

気の強そうな眼差しだ。意地悪にも見えた。

「あれは、お半といいます。気になさらなくてけっこうです」

志保が、初めて口を開いた。一つ年上だと聞いていたが、目下に言う口ぶりだった。

「茶道は、長くやっているのですか」

「はい。幼い頃から。あなたは、剣術の他には、何かなさいますか」

「いえ。それだけです」

そう応えると、志保がふんという顔をした。そして先ほどのお半と同じように、三樹之助の頭から爪先までを値踏みするように見た。

「そのお召し物は、兄上様のものですね。少しもお似合いになっていません」

はっきりと言った。にこりともしない。蔑んでいる気配を、物言いの中で感じた。

「………」

返答のしようがなかった。

冷や飯食いの次男坊が、自前の紋服など持っているわけがない。それを知った上で言っているのだと思った。

三樹之助には、話すことは何もなかった。向こうも、何かを話そうという様子は見えない。鮮やかに咲いている金絲梅を見詰めていた。

自分にとっては、美しいだけの女である。冷たくて居丈高だ。嫌われたのだと考えた。だがかえって都合がよかった。

美乃里の恥じらいの籠った微笑が脳裏に浮かんだ。御籤の礼を言いに、道場までやって来た、あの時の顔である。

「戻りましょうか」

三樹之助は言った。

六

「首尾(しゅび)はどうであったかな」

「嫌われたようです」

一学に問われて、三樹之助は思った通りのことを言った。すでにこの話は終わったと考えていた。

酒井屋敷からの帰り道だ。ぽつりぽつりと降り始めた雨は、大川を渡るころには本降りになった。

屋敷に帰った左近は、上機嫌だった。

「茶会でのあ奴は、上々の出来じゃった。粗相(そそう)もなくてな」

かつには、そう話した。娘の方はともかく、織部は三樹之助を気に入ったようだった。

「では、数日のうちには、よい知らせが参りますね」

うきうきした様子で、かつが応えている。

一学と三樹之助は顔を見合わせた。織部は幕臣としては能吏かもしれないが、娘には甘い父親らしかった。

「向こうから断ってくれば、こちらはどうすることもできまいさ」

そう思うから、三樹之助は黙っていた。婿の代わりなど、いくらでもいる。もっと高禄の旗本家にも、また大名家にも次、三男はいるのである。

雨は、その日から四日たっても止まなかった。じとじとと、蒸し暑い日が続いている。道場へは半月の間出入り禁止だから、三樹之助は外出することも出来ずに体を持て余していた。

夕刻になって、左近が下城してきた。そしてそれを待っていたように、叔父の長谷川が大曽根屋敷へやって来た。

「酒井家から、使者がありましてな」

奥の部屋に左近とかつ、長谷川が集まって喋っていた。そこへ三樹之助も呼ばれた。

部屋へ入ると、三人は姿勢を正して座り直した。長谷川は、妙に取り澄ました顔をした。

三樹之助にしてみれば、結果は分かっている。さっさと終わらせてほしかった。

「よいか三樹之助、心して聞くのだぞ」

「はい」

「酒井家ではな、当家との縁談を進めたいと言ってきた」

「ええっ」

あるはずのない話を、あっさり聞かされてしまったような、拍子抜けの感があった。

まさかと不審に思う前に、呆気に取られた。

「志保どのもな、まんざらではないお気持ちだそうな」

「何と」

からかわれていると、そのときは思った。屋敷内の東屋でのひととき、発せられた言葉や態度。信じがたい叔父の言葉だった。

「あ、あの」

三樹之助は、疑問を質したいと声を出した。

「何だ、その顔は。嬉しくはないのか。誉だとは考えぬのか。武士として一家をなせるのだぞ。しかも二千石のご大身だ。酒井家の一族に列するのだぞ」

叔父の方が、不審な顔になった。

「そうだ。お前が酒井家の者になるということは、我が家も我が一族も酒井家に繋がる。またとない良縁ではないか」

　左近も口を出した。目は満足そうに細められている。浮かび上がる笑みを抑えるのに一苦労といったていだ。ただ当の三樹之助が喜びを見せない、それが不思議であると同時に不満らしかった。

「案ずるな案ずるな。名家であろうと大身であろうと、気にすることはない。その方だとて、大曽根家の人間じゃ」

　怯（ひる）んでいると感じたのかもしれない、叔父はそんな都合のいい言い方もした。ともあれ、こちら側から断るなどということは、爪の先ほども考えていない父や叔父であった。

「目出度い目出度い。今宵は、祝宴だ」

　左近が言うと、

「さようさよう」

と長谷川も応じた。

「いや、それは」

　三樹之助は言いかけたが、三人とも聞く耳を持たなかった。

「そうか、先方は断らなかったのか」

じめじめとした北側にある自分の部屋へ戻ると、一学がそこで待っていた。どうなったのか、気にしていてくれたのである。

蠟燭が一本だけ灯っている。外はもうすっかり暗くなっていた。雨音だけが部屋に響いてくる。

「あの気位の高い女が、私に好意を持ったとは思えません。そうだとすれば、ああいう態度は取らなかったはずです」

志保という女の、美しいだけで何を考えているのか分からない、冷たい眼差しが頭に浮かんだ。監視するように側にいて離れなかったお半という初老の侍女も不気味だった。

「ただ女というものはな、一見しただけでは分からぬからな」

一学はそう言った。慰めたのか、本心を言ったのかは分からない。兄は今秋には同格の旗本家の娘と、祝言を挙げることが決まっている。

「会ううちに、情も湧くのではないか」

婚姻が決まったとき、一学は初め相手の娘を気に入ってはいなかった。三樹之助は密かに苦情を聞いてやったが、今はほとんど言わなくなった。

「食事の用意ができました」

兄弟で話をしていると、侍女が知らせに来た。三樹之助一人きりならば、知らせに来るということはない。一学がいるから、声をかけられたのである。

台所へ行くと、いつもあるはずの場所に自分の膳がなかった。左近と叔父、兄の膳は、台所の脇にある畳の敷かれた食事の間に設えられていて、すぐにも始められる状態になっている。

そうか、呼ばれたのは一学だけだったのかと思ったところで、かつに声をかけられた。

「今宵のそなたの膳は、こちらです」

口元に笑みまで浮かべているのには驚いた。自分の膳は、畳の間に用意されているのであった。

こういうことがあるのは、正月や特別の祝い事があるときだけである。

「その方の前祝だ。酒もあるぞ」

左近が言った。並べられた四つの膳は、すべて同じだった。三樹之助の膳だけが、一品少ないということはなかった。

「さあ、飲め」

叔父が杯に酒を注いでくれた。口に含んでみると、いつも飲んでいる地廻りの濁り酒などとは比べ物にならない味わいだった。灘の下りものだと思われる極上の酒である。

「酒井家の当主になったならば、大曽根家を引き立てねばならぬ。そのことを努努忘れてはならぬぞ」

「そうじゃ。一族の繁栄は、その方にかかっている」

もう話は決まったという気配だ。一学を差し置いて、「飲め飲め」としきりに注がれた。

何かおかしい……。

三樹之助は不思議でならない。父や叔父が、何があろうと自分に対してこういう態度をとるのは、あり得なかったことである。

隠し事でもしているのか。そのことが気になった。

七

翌朝の三樹之助の膳は、いつもの通り台所にあった。しかしちらと見たところでは、畳の間の左近や一学と同じ品が並んでいた。鯵の干物がついている。

朝から干物がついたのは、物心ついてから一度もなかった。それも焼き立てだった。あまり物ではなく、三樹之助のために焼かれたのである。

「おはようございまする」

台所付の侍女が、挨拶をしてよこした。そして給仕までしてくれた。朝餉に限らず、二杯目はいつも、自分でよそっていた。

雨は夜のうちに止んでいたので、庭へ出た。道場へは行けないので、木刀で素振りと形の稽古をしていると、通りかかった中小姓に声をかけられた。

「精が出ますね。さすがに振りが鋭い」

お愛想を言われたのである。これまでならば、目が合わなければ知らんぷりをされた。

あまりに露骨な対応の変化で、三樹之助は戸惑った。

やはり何かある。父や母たちが、奉公人に何か言っている。一学に聞いても、知らんと言うばかりだった。なぜそこまでするのか。相手が二千石の大身だからか。

断ることが出来ない流れに、三樹之助は追い詰められるのを感じた。次男坊の部屋住みである以上、流れに身を任せるしか出来ない立場だ。

ただ志保とはどういう女子なのか、やはり気になった。

借り着を指摘し、似合わぬと高飛車に言った女が、どうして自分を拒絶しなかったのか。口ではああ言ったが、心の奥には思いがけない優しさが潜んでいるとでもいうのだろうか。

酒井家の様子や、志保の人となりを、知りたいと思った。

だが話を持ってきた叔父の長谷川藤内からは、真実を聞けるとは思えない。都合のよいことを言うだけだろう。

では誰から話を聞いたらよいのか……。適当な人物が、思い当たらなかった。部屋住みの三樹之助が、ご大身の姫様の事情に詳しい人物を知っているわけがなかった。

「ああ、そうだ」

あれこれ思案して、一人の侍の顔が浮かんだ。まるきり身分は違うが、まったく縁がないとはいえない。あるいは誰かを紹介してもらえるかもしれなかった。

団野道場の兄弟子笠松陣内である。笠松は本所北割下水沿いに屋敷を持つ、家禄六十俵の直参(じきさん)だ。歳は五十を三つ四つ過ぎているが、無役の小普請組だった。

酒井織部は御小普請支配を務めている。無役小普請組の侍たちを、統括するのが役目だった。

笠松も、半月の間道場へは出入り禁止となっている。道場破りに腕を打たれて、治療に当たっているはずだが、その後は顔を見てはいなかった。見舞いがてら、行ってみようと考えた。

登城の必要がない無役だから、屋敷にいると思われた。

台所に、到来物の落雁（らくがん）があった。甘いものは左近も一学も食べない。かつが食べるくらいだが、見舞いに持参してよいかと尋ねると、母は気持ちよく応じてくれた。これも待遇が変わった効用だといえた。これまでならば、相手は誰かなどとあれこれ尋ねられ、説教をされて、結局もらえない破目に陥（おちい）ることも充分にあった。

落雁の折を持って、三樹之助は屋敷を出た。今日は昨夜までの雨とは打って変わって、強い日差しが道を照らしている。

雨燕（あまつばめ）が数羽、木戸門の屋根から勢いよく飛び立っていった。

竪川を越えて、本所界隈を北に向かって歩いてゆく。北割下水は、亀沢町の団野道場よりもさらに先になる。

道場の近くを通ると、稽古の掛け声や竹刀の音が聞こえた。行ってみたいという気持ちは強かったが、我慢した。

さらに歩いてゆくと、武家地になる。このあたりは、少禄無役の御家人の小屋敷が並んでいる。古家がほとんどで、庭では暮らしの足しにと野菜を植えていた。

「よく来てくれたな」

　退屈していたのだろう、笠松は来訪を喜んでくれた。木刀で打たれた腕は皹（ひび）が入ったということだが、添え木をしてしばらく無理をしなければ、じきに元通りになるだろうとの話だった。

「こんな菓子は、我が家ではめったに口にすることがない。さすがは七百石だな」

　手土産（てみやげ）の落雁も、たいそう喜んだ。

　怪我の様子を聞いたあとで、三樹之助はさっそく切り出した。

「もちろん酒井様は存じているが、そこの姫君のことを、どうして貴公が知りたがるのか」

　当たり前すぎる問いかけが返ってきた。

「知り合いに縁談がありましてね。どのような姫ごか、知っている者がいたら聞いてほしいと頼まれたのですよ」

　笠松ならば話してもかまわないと思ったが、縁談は決まったわけではなかった。他人事（ひとごと）ということにした。

「そうか。これはあくまでも噂だがな、男勝りの、なかなかのつわものだと聞いたぞ」

「どういうことですか」

「相当に気が強いらしい。一度婿殿を得たのだが、いびり出したそうな」

「まさか」

「いや、事実かどうかは知らぬ。何しろわしは、姫様の顔も見たことがないのだからな」

三樹之助は、「まさか」とは言ってみたものの、その話は本当なのではないかという気がした。茶室や東屋で見た、冷たい横顔が脳裏に残っている。

「その婿殿は、どちらの方なのでしょうか」

会えるならば、会ってみたいと思った。笠松の話は正鵠（せいこく）を射ていそうだが、事実だと断定はできない。

はっきりさせたかった。

「名を何といったかな、聞いた記憶はあるのだが」

頭を捻った。耳にしたのは一年ほど前のことだが、何しろちらと聞いただけのことだという。

だが辛抱強く思い返してくれた。

「うむ、そうだ。勝田（かつた）様だ。勝田出羽守（でわのかみ）様のご三男だ」

二千石高の新御番頭を務める、同格の旗本家からの婿ということになる。屋敷は駿河台だという。

四半刻ほど剣術談義をしてから、笠松家を辞した。その足で三樹之助は、駿河台に向かった。

勝田出羽守の屋敷は、酒井家のものより一回り狭かったが、それでも手入れの行き届いた門番所付の長屋門だった。屋敷に一番近い辻番所へ行って、勝田家の三男の名を聞いた。

「仙三郎様という方ですな」

「お屋敷に、戻っておいでなのですね」

「さよう。下谷車坂の直心影流赤石道場に通っていると聞きましたが」

「そうですか、赤石道場ですか」

直心影流の直系は、長沼流である。だが赤石道場も団野道場も同じ直心影流の道場として親交があった。いわば兄弟道場で、稽古試合も頻繁に行われていた。

三樹之助も、赤石道場へは何度も足を運んでいる。知り人もあった。勝田仙三郎という名は初耳だが、人を介せば話を聞けないことはなさそうだ。

下谷車坂へ回った。

「勝田殿ならば、存じておる。今日は来ておらぬがな、明日あたりは現れるのではないか」

赤石道場の顔見知りの門弟は、そう言ってくれた。名人手練というほどではないが、熱心な稽古をする人物だそうな。

「入り婿になりながらも、離縁になった。詳しい事情は知らぬがな、あ奴は不運であったな」

勝田について尋ねるとそういう答えが返ってきた。知っていて言わぬのか、分からないのか、それは見当もつかなかった。

翌日三樹之助は、朝から赤石道場に詰めた。道場の掛け声を聞いていると、体中がむずむずしてきた。交流のある一門の道場だから、稽古をさせてもらうことに問題はない。

久しぶりにぶつかり稽古をさせてもらって、体がすっきりした。ただ勝田仙三郎の姿は、夕暮れどきになっても現れなかった。

そこで次の日も、赤石道場へ行った。別に何かをしなければならない身の上ではなかった。暇だけはたっぷりある。だがその日も、姿を見せなかった。

四日目。やはり一汗流させてもらった。

朝稽古が済んで井戸端で水浴びをしていると、三樹之助よりも二つ三つ年上とおぼしい侍が傍へやって来た。四角張った顔で、目の小さい男だった。鍛えた体付きをしていたが、眼差しに人の善さそうな一面が窺えた。

「拙者が勝田だが、どのようなご用件か」

待っていると聞いたのだろう、向こうから声をかけてきた。

「申し訳ない。ちとお尋ねしたいことがありました」

体を拭き衣服を整えてから、三樹之助は丁寧に挨拶をした。名も名乗った。無礼を詫びた上で、待っていた理由を伝えた。

「酒井家の志保どののことですか」

勝田は、少し困ったという顔をした。

「知人に、縁談が進んでいる者がありまして、志保どのの人となりをお話しいただければありがたいのです」

さすがに、離縁になった理由を直截に尋ねることは出来なかった。僅かに迷ったが、笠松に言ったのと同じ言い方をした。

「その知人というのは、あなたのことではありませんか」

勝田は、三樹之助を見返しながらそう言った。案外、勘の鋭い男なのかもしれなかった。

「そうです」

小さな声で、頷いた。こちらが正直に言わなければ、向こうも本当のことは言うまい。

「そうですか、ならばお話しいたしましょう。私は、あの人たちにいびり出されたのです。相性が、悪かったということかもしれません」

「あの人たち、とは」

「志保どのと、お半という侍女です。あの二人は一心同体です。私は婿に入った翌日から細かく観察され、一つ一つ苦情やら揚げ足取りのようなことを言われました。舅は娘に甘く、いいなりです。二千坪のあの屋敷で、私は一人で針の筵に座って過ごしました」

「では、あなたから離縁を申し出たのですか」

「跡取りでもできれば、よかったのですがね。祝言を挙げて数日後には、志保どのは、寝所を別にしたいと言ってきました」

そこまで話してから、勝田は笑った。自嘲とも、怒りとも取れる笑い方だった。

夫婦としての会話もないまま半年過ごし、勝田はついに舅の織部に離縁を申し出た。形ばかりの慰留(いりゅう)はあったが、向こうもそれを望んでいたのだろうと付け足した。

「私は酒井家を出たとき、ほっとしました。あんなに晴れ晴れとした気持ちになったことは、他にありません」

「酒井家もあなたにとっては、望ましいものではなかったわけですね」

「幕閣や大名家に縁者の多い家柄です。格式ばった面倒なことが多いのは確かです。政(まつりごと)というのは、生臭い一面もあります。私には、妻と心を繋げることなく婚家のために尽くすなどはできませせなんだ」

返答のしようがなかった。

「あなたは四日もの間、私から話を聞くために、毎日訪ねてお見えになった。そして昨日も一昨日も、一日中待っておいでになったという。志保どのについて、よほど気になることがあったからだと思います。違いますか」

「そうです」

「ですから私も、恥を忍んでお話ししました」

実直そうな顔付きで、三樹之助の顔を見詰めた。せっかくの婿の口を失ったが、後悔をしているようには感じられない。

「あの通りの、器量よしですからな。拙者も話をもらったときは胸が躍りました。しかし縁がありませなんだ。向こうにしてみれば、拙者の何かが気に入らなかったのでしょう。情の強い女子でした。お半なる侍女も、かなりのしたたか者です。ですがね、それは私が相手であったからで、他の者ならば違うことになっていたかもしれません。決め付けることは、できませぬ」

勝田は、嫌な男ではなかった。同じ道場に通っていたら、長く付き合える相手だと感じた。それだからこそ、言葉が胸に染みた。

八

朝、台所で飯を食っていると、玄関先で来客だと騒いでいる。叔父の長谷川ではない。もっと大事な客のようである。

だがすでに左近は、出仕してしまった後だった。それでもどうしても誰かに会いたいのならば、残っている一学が会うのが筋だが、かつは三樹之助のもとへやって来た。

「すぐに、客間へおいでなさい」

飯など、途中でもかまわぬという口ぶりだった。さらに衣服まで替えろという指図である。

「いったい、どなたが来たのですか」

「志保どのの侍女で、お半という方です」

奉公人の訪問だが、奥の客間に通した。酒井家の人間なので格別の扱いだった。部屋へ入ると、お半は丁寧に頭を下げた。だが顔はにこりともせずに、三樹之助を見詰めていた。眼差しに、挑んでくる気色があった。

三樹之助は、これから欠点や弱みを指摘され、説教を聞かされるような重い気持ちになった。

「所望したき事があり参上しました。三樹之助様は、本日は御用がありましょうか」

「い、いえ、ありませんが」

いきなりの問いかけだったので、どぎまぎした。言い終わった後で、用事があると言えばよかったかと後悔したが、後の祭りだった。

「では、ご足労いただきましょう。志保さまが、お忍びで町歩きをなさりたいとおっしゃっています。ご案内くださいませ」

「ご案内といっても、どちらへ」

「志保さまを、楽しませてさしあげれば結構です」

結構と言われても、あの高慢な姫ごは、どこへ連れて行けば満足するのか、見当もつかなかった。

「では、これから参りましょう」

返事も聞かずに、お半は立ち上がった。そのまま廊下へ出てゆく。ついてくるのが当然だと、口にしないばかりだった。

「どうしましたか」

廊下を歩いていて、かつに尋ねられた。手短に訳を話した。

「さようですか、それは重畳。ぜひとも行ってらっしゃいませ」

嬉しそうな顔になった。そして五匁銀を二つ、手渡してくれた。これまで、手にしたことのない高額な金子だった。

そして表に出て、さらに仰天した。志保は、竪川河岸にある茶店で待っているというのである。

快晴とはいえない空模様だが、雨が降るとは感じなかった。白い雲の向こうに、午前の日差しが透けて見える。

「では、参りましょう」

三樹之助を認めると、縁台に腰を下ろしていた志保は立ち上がった。手間を取らせることの詫びや挨拶はなかった。

萌黄色の松葉小紋に、梅幸茶の帯を締めていた。凜とした立ち姿で、道行く者は男も女も振り返ってゆく。

「はあ」

歩き始めた。河岸に武家の女駕籠が停めてあったが、主は使わないので去っていった。三樹之助は初め、二人だけで出かけるのかと思ったがそうではなかった。酒井屋敷の庭を歩いたときのように、お半が数歩後ろからついてきた。

振り返って目が合うと、じろりと睨み返された。志保とお半は一心同体だと告げた勝田の言葉が、ちらと頭に浮かんだ。

「浅草寺へ行ったことがありますか」

たぶんないだろうと思って聞いてみた。そのつもりで歩いていた。

「あります。他がよろしいですね」

引き返す形になるが、深川の富岡八幡へ行くことにした。

「そこへは、行ったことがありません」

六間堀に沿って、南へ歩いた。志保は何も話しかけてこない。三樹之助など眼中にないかのように、周囲を見回しながら進んでゆく。何か話しかけようとしたが、何を言ったものか見当もつかなかった。鼻で笑って終わらせられる気がした。

蒸し暑いからか、じっとりと汗が湧いてくる。

大川の河岸道に出ると、川風があった。少しほっとした。ただ女子と連れ立って歩いて、何も話をしないというのはなかなかに辛い。美乃里と歩いたときは、気持ちも休まり、話したいことも自然と湧いて出てきた。自分だけでなく、美乃里も楽しそうだった。

けれどももう、あの時間を持つことはできない。奪ったのは、小笠原正親である。

激しい恨みと怒りが、一瞬胸をよぎった。

袴田を加増という餌（えさ）で日光へ追いやった。それで終わったつもりでいるのかもしれないが、冗談ではない。おれは死ぬまで忘れないぞと三樹之助は思っている。

小名木川（おなぎがわ）と仙台堀（せんだいぼり）を渡った。

「あれは何の印ですか」

志保がやっと声を出した。指差した先を見ると、家並みの中で一回り大きな建物があり、その軒下から矢をつがえた小ぶりな弓が、細い竿（さお）の先に幟のようにぶら下がっている。

三樹之助が教えてやろうとしたとき、思いがけず近くにいたお半が志保の背後にすっと寄ってきた。

「あれは、湯屋の看板でございます」

「どうして弓と矢で湯屋なのですか」

「弓射(ゆい)るから転じて、湯に入るという謎かけでございます」

「なるほど、それはおもしろいですね」

初めて、志保は顔に笑みを浮かべた。しかしその笑みを向けた先は、三樹之助ではなかった。お半が笑みを返している。

それを見て三樹之助は、お半という女も笑うことがあるのだと初めて気がついた。

「そなたは、湯屋へ入ったことがありますか」

「幼い頃に入ったことがあります。町の湯屋は、表通りの大店の娘も、裏長屋の女房も、皆同じ湯船に一緒に入ります」

「嫌ですね、そういうのは。私は入りたくはありませぬ」

「はい。志保さまには、ふさわしからぬ場所でございます。下々(しもじも)の者が利用する場所でございますから」

いつの間にか女主従は、並んで歩いていた。楽しそうだ。

「何を言っていやがる。勝手にしろ」

三樹之助は胸の内で吐き捨てた。二人の女は、自分などまるでいない者のようにして振る舞っている。これでは、供侍以下の扱いではないか。

富岡八幡宮で参拝を済ませると、広い馬場通りを歩いた。人だけでなく、馬や荷車、駕籠などがひっきりなしに往来している。団子や心太、白玉や唐辛子、天麩羅、そして小間物屋や簾を商う屋台店が出て、売り声を上げていた。

志保は、珍しそうに立ち止まっては、一つ一つを覗いてゆく。指差して、お半に何か言ったりする。ただ相変わらず三樹之助には、ちらりとも目を向けなかった。

二人は誰とすれ違っても、避けたりはしない。相手が避けると考えているらしかった。

「あの茶店で、一休みなさるそうです」

お半が近寄ってきたかと思うと、耳打ちしてきた。見ると居着きの茶店があって、紅い毛氈を敷いた縁台では老若の男女が茶を飲んで休んでいた。参拝帰りらしい。店先にある蒸籠からは、甘い饅頭の湯気があたりに流れている。

だが覗いてみたところ、縁台には三名が座れる隙間はなかった。満員である。

「入れそうもありませぬな」

三樹之助が言うと、いかにも愚かな者を見るような眼差しで見返してきた。

「ですから、申し上げたのです」

どかせろ、ということらしかった。志保はそ知らぬ顔で道端に立って、通りを行き過ぎる人の姿を見ていた。

むっとしたが、お半はそんなことにはお構いなく、顎をしゃくった。早くやれと告げている。

「しかたがない」

せっかく茶を飲んでくつろいでいる者に、どけとは言えない。三樹之助には、大身旗本の威を借りて何かをするつもりは微塵もなかった。ただ詰めてもらうことは出来ると考えた。それを頼もうと近寄ったとき、老人の夫婦が立ち上がった。給仕の娘に茶代を払っている。

嫌な役割をしないで済んで、三樹之助はほっとした。

志保とお半が、茶店に入って行く。ぎっしりと人の入った店の中である。膝がぶつかりそうになったが、たいていはそうなる前に相手が気付いた。

ところがである。

「無礼者っ」

男の怒声があがった。茶を飲んでいた浪人者の鞘（さや）の先が、通路に少し飛び出していた。それに志保の膝がぶつかったのである。三樹之助はそのさまを、間近に見ていた。避けようとすれば出来たのだが、志保はしなかった。

浪人者は三十半ばの年恰好。月代（さかやき）が伸びて荒（すさ）んだ気配を身にまとっていた。その横には、二十歳前後の遊び人がニヤニヤしながら座っていた。仲間らしかった。

店の中は、怒声でしんとなった。側にいた人たちは立ち上がり、とばっちりを喰うことを怖れて店の隅に寄った。茶代を置いて逃げ出して行く者もいる。

「武士の魂を、足蹴（あしげ）にしたな。どうしてくれるのだ」

浪人は顔を突き出した。目を剝（む）いて睨みつけている。凄みのある声で、「きゃっ」と誰かが小さな悲鳴を上げた。

志保は、表情を変えずにその目を見詰め返している。何も言わない。

「どうしてくれるのだ。このままでは、済まさぬぞ」

そう言ったとき、志保は小さく笑った。いかにも相手を舐めた笑い方だった。

「武士の魂ならば、人が通るところへ突き出してはならぬ。それをしておきながら、いまさら何を言う」

「な、何だと」

浪人者の顔が、白くなった。それまではただの脅しだったが、本気で腹を立てたらしかった。額に青い血管が浮いている。傍らにいる遊び人の顔も、真顔になっていた。

「顔を寄せるな、愚か者の下郎。息が臭いぞ」

「ほう、そこまで言うか」

怒りで、声が震えている。握り拳を固く握った。今にも殴り飛ばそうという形相だ。

と、そのとき。お半が三樹之助の側に寄った。

「なんとかなさいませ。志保さまがお怪我でもなさったら、一大事です」

早口で言った。はっきりとした声音で、叱りつけている響きがあった。相手は三樹之助である。なぜさっさと片を付けぬのかと、怒っているのだ。

ぶつかったのは仕方がないとしても、事を拗らせているのは、志保の方である。もう少し他の言い方があるのではないかと、三樹之助は思っていた。

しかしぐずぐずと考えていられる状況ではなかった。拳を握った浪人者の右肩が、徐々に動いている。相手が女だから許すという、そういう気持ちは吹っ飛んでいる。

浪人者が腕を振り上げた。

「待てっ。待ってくだされ」

三樹之助が二人の間に身を躍らせて、腕を摑んだ。浪人者の腕は、見た目よりも太く膂力もあった。背後に回り込んで捻りあげた。

「おのれっ、何をする」

浪人者は顔を歪めた。側にいた遊び人は、懐へ右手を押し込んだ。匕首を抜こうという腹らしかった。

「まあ、ここは抑えてくれ」

遊び人の膝の内側に、足をかけた。利き足だったので、どさりと土間に尻餅をついた。浪人者の腕をさらに捻りあげて、そのまま人のいないところへ押し倒した。

「さあ、まいるぞ」

三樹之助は、志保の体を肩で担ぎ上げた。そのまま茶店から外へ走り出た。

鞘が触ったと騒ぐ浪人者は大人気なく、また心根も卑しい。だが志保も、言わなくてもいいことを口にしていた。浪人者が激昂するのも、分からないわけではなかった。ゴロツキだが、これ以上に痛い目にあわせるのは不本意だった。

担いだまま、大鳥居の方向へ走った。振り返ると、お半も走ってついてくる。けれども浪人らの姿は見えなかった。

志保を、肩から下ろした。

「三樹之助どの。やることが手ぬるいですぞ。あのような者は、たんと懲らしめてやらねばなりませぬ」

息を切らせて追いついたお半が、睨みつけてきた。本気で言っている。志保は着物の乱れを直すと、大鳥居のてっぺんを見上げていた。三樹之助には一瞥もくれない。

茶店から逃げ出した後、志保は腹が減ったとお半を通して言ってきた。旨い店へ連れて行けとの所望である。

店先に七輪を置いて、うなぎの蒲焼を作っている店があった。三樹之助の腹が、そこでグウとなった。

「そういえば、朝飯の途中で呼び出されたのだったな」

肝吸い付きのうな丼を食べさせた。二人はものも言わずに食べ終えた。不味いとも旨いとも言わなかったが、米は一粒も残さなかった。

「少々出汁が辛口でしたな」

食い終えたところで、お半がぼそりと言った。三樹之助にしてみれば、めったに食べられない大ご馳走である。

銭はお半が払うのかと思ったが、知らん振りしていた。仕方がなく、かつから貰った五匁銀で払った。

さらに幾つかの屋台店を覗いた。志保は何やらお半に問いかけていたが、三樹之助については、いないかのごとく振る舞った。

猪牙舟にも乗りたいというので、船着場に停まっていたものに三人で乗り込んだ。もうだいぶ歩いていたので、そのまま大川を渡って神田川へ入り、牛込御門下の船着場まで行った。酒井家の門前まで送って行ったときには、どっと疲れが出ていた。

「手数を、かけました」

そう言ったのはお半だったが、頭は下げなかった。志保にいたってはちらと目を向けただけで、言葉もなく門内へ消えていった。

ところがそのときである。

三樹之助は「あっ」と声をあげた。門内から、一人の身なりのいい侍が出てきたからである。

忘れもしない顔だ。

小笠原正親だった。

長身、色白で鼻筋の通った面立ち。見ようによっては秀麗とも受け取れるが、眼差しや閉じた薄い唇には酷薄な気配が漂っていた。

正親は、美乃里を直接手にかけたわけではない。自害だった。しかしそうせずにはいられない淵（ふち）へ追い込んだのは、他ならぬこの男であった。三樹之助は美乃里の葬儀のあと、小笠原屋敷へ出かけた。正親を斬ってやろうと考えたからである。だがそれは、同道してきた一学に止められた。踏みとどまったのは、袴田や大曽根家では、目付に届けを出すと、話を聞かされたからである。顔を見ただけで帰ってきた。法に照らした、正しい裁きを受けさせるのが妥当だという兄の言葉を受け入れたのである。

なぜ正親がここにいるのか。三樹之助には見当がつかなかった。

「これはこれは」

正親に気づいたお半は、これまでとは打って変わった慇懃（いんぎん）な態度で頭を下げた。

「うむ」

正親がちらと一瞥を与えた。そして三樹之助に目を向けた。

三樹之助は、睨み返した。心の臓がきりりと引き締まって熱くなっている。

正親は敵意の籠ったこちらの眼差しに気づいた様子だった。何かを言おうとしたが、すっと視線をはずした。

そして何事もなかったように、歩いていった。

「なぜあの方が、酒井屋敷から出てこられたのか」

三樹之助は胸中にある不審を、お半に向けた。

「正親さまを、ご存じないのですか」

「知っています」

「ではなぜ、きちんとしたご挨拶をなさらないのですか。あなたと志保さまのご縁談を、初めに持ってこられたのは小笠原家の方々なのですよ」

詰問する口調になっていた。だが三樹之助の強い眼差しに、お半は息を呑んだ。

「何と言われた」

「ですから小笠原家の方から、あなたを推挙なさってきたということです。大曽根左近さまも、ご承知の上での話ではないのですか」

「そういうことか」

ようやくからくりが見えた。小笠原家では、袴田を日光へ追いやった。しかしそれだけでなく、美乃里と婚儀を挙げるはずだった自分にも、手を伸ばしてきたのである。

大身旗本家の婿にするという餌をぶらさげてだ。これで美乃里に関するすべてを、なかったことにしようと謀(はか)ったのである。

しかもそれを父左近は事前に耳にし、唯々諾々(いいだくだく)と受け入れている。相手が幕閣にも縁戚のある五千石の大身旗本だからだ。

自害した美乃里が、不憫でならなかった。

「それにしても、どうして小笠原家が酒井家へ、縁談を持ち込んだのですか。両家には、どういう関わりがあるのですか」

三樹之助は問いかけた。

「そんなことも、ご存じなかったのですか」

お半は見下すような目をした。そして続けた。

「志保さまのお父上酒井織部さまと小笠原監物さまは、お従兄弟（いとこ）同士でございます。極めて近いご親戚なのです」

「…………」

言葉が出なかった。

お半は言うだけ言うと、屋敷の潜り戸を入っていった。小笠原が出て行ったところで、門扉（もんぴ）は閉じられていた。三樹之助は衝撃で、そのことに気づかなかった。

「何があっても、酒井家への婿入りはしないぞ」

美乃里の姿が、脳裏に浮かんでいる。その姿に、声をかけた。

「小笠原正親め。汚い手を打ちおって」

憤怒（ふんぬ）に燃えている。いつか何らかの形で、美乃里にしたことの償（つぐな）いを、あやつにさせてやる。三樹之助はそう決意した。

酒井屋敷をあとにして歩き始めた。

そしてしばらく進んでから、立ち止まった。自分はどこへ行くのか。

深川の屋敷へ戻る気持ちはなくなっている。日ごろ偉そうなことを言っていた父左近の弱腰ぶりにも、ほとほと嫌気が差していた。

「ではどうするか」

屋敷を出るしかあるまい。という結論に達していた。

団野道場のことが頭に浮かんだ。仇を討つとなれば、周りに迷惑がかかる。すべてを捨てる覚悟がなくてはなるまい。もう道場へは戻れない。師範代の道も閉ざされる。

「しかたがない」

美乃里の無念を思えば、それも取るに足らないことだと考えた。

第二章　夢の湯

一

三樹之助は、麴町の酒井屋敷から行方も定めずに歩き始めた。ぽつぽつと小粒の雨が降り始めていたが、気にならなかった。

気が済むまで歩いて、辿り着いたところでその先を思案すればよいと考えた。

雨に濡れて歩きながら、美乃里と過ごしたあれこれの場面を頭に浮かべた。どこを歩いているのか、まったく分からない。しかしそんなことはどうでもよかった。

いつの間にか、雨が止んでいた。

三樹之助は、ぬかるんだ暗い武家地を歩いていた。提灯(ちょうちん)などなかったが、夜目が利く。さらに歩いた。

すると急に町家が現れた。かなり明るい。人の通行も、徐々に増えている。

どこかと目を凝らして、自分のいる場所が知れた。

上野広小路を囲む町並みだった。

両国橋の橋袂に並ぶ、江戸有数の繁華街の一つである。

「様子のいい、若いお侍さん。いい娘がいますから、飲んでいきませんか」

客引きの婆さんに声をかけられた。

根津か本郷あたりに出て、今夜はどこかに泊まろうと考えた。酒など飲む気はなかった。ただ遮二無二歩き回ったので、体が震えるような憤怒は収まっていた。人混みを抜けて、不忍池の畔に出た。

池の右手はただ一つの明かりもない、闇に覆われている。潜んでいるのは東叡山だ。左手には、僅かばかりの民家の明かりがあった。下谷茅町の一帯である。

ここまで来ると、人の気配はほとんどなくなる。民家も明かりを灯しているのはいくつもない。夜も深まっていた。夜鷹が出没するという噂を聞いたことがあった。

池の水面に、雲に覆われたおぼろげな月が映っている。

背後から上野広小路の喧騒が小さく響いてくるが、池之端はひっそりしている。風に揺れる木の葉の触れ合う音がするばかりだ。

本郷に向かうか、根津にするか。そろそろ決めなくてはならなくなった。三樹之助は、歩みを遅くした。そのときである。夜の静寂（しじま）を破って、湯島天神（ゆしまてんじん）のある方向から、けたたましい笛の音が上がった。捕り方が仲間に知らせる呼子（よびこ）の笛の音だ。何かの掛け声も、遠くから聞こえる。盗人（ぬすっと）でも出たのか、それとも殺しか。かなり長く鳴らされた。

三樹之助はその音に耳を傾けたが、自分に関わりのある出来事ではなかったから、さして気にも留めなかった。ただ湯島切通町（きりどおしちょう）を抜けてゆく本郷は、捕り物騒ぎがあって面倒だと考えた。

行き先が決まった。根津にしようと思った。

ふと池に沿った道に、足音が響いてくるのを感じた。女ではない、男が走ってくる足音だった。

それは瞬く間に近づいてきた。眼前に、黒い影が現れた。三樹之助よりもやや低い背丈で、右手には抜き身の刀を握っていた。刀身にはべっとりと血がついている。

「どけっ」

侍は、くぐもった声で三樹之助に言った。黒頭巾を被っている。身につけているものも、黒っぽい着流し姿だった。胸と膝のあたりに返り血を浴びていた。

捕り方の笛の音は重ねて鳴らされている。そして血刀を持って現れた黒頭巾の侍。いくら関わりがないとはいっても、そのままにするわけにはいかなかった。

「どかぬと言ったら、どうなる」

身構えながら、腰刀の鯉口（こいぐち）を切った。一歩でも飛び込まれたならば、一足一刀の間合いに入る。抜刀を躊躇（ためら）う暇はなかった。

「こうだっ」

斬り込んできた。足に力を溜めた、勢いのある踏み込みだった。三樹之助は抜いた刀を、そのまま撥ね上げた。激しい金属音があって、火花が散った。

二つの体が交差して、再び向かい合った。

こちらは正眼だが、相手は八双（はっそう）に構えた。剣尖が揺れて楕円（だえん）を描いている。それが徐々に大きくなった。攻撃の隙間を探っている。怒った猛禽（もうきん）の目だ。

捕り方の足音が近づいてきていた。

「死ねっ」

強引な一撃が、襲ってきた。肩から袈裟（けさ）に斬ろうという剣筋だ。

闇の空気が裁（た）ち割られた。勢いがある。狙いは確かだ。三樹之助は体を右斜め前に出しながら、刀を横に払った。賊はなかなかの手練だが、焦っている。

動きに無駄があった。

こちらの方が、寸刻速かった。

手応えがあった。血が散ったのが分かった。だがそれは深手ではなかった。

三樹之助の刀は、賊の左肘を斬っていた。

「おい、いたぞ」

近づいてきた足音の中から、叫び声があがった。三樹之助が一瞬、その声に気を取られた。その隙に、賊は駆け出した。

「ま、待てっ」

追い駆けたが、賊の足は速かった。池に沿って走り、東叡山の闇の中に紛れ込んでしまった。

「くそっ」

闇の中に立ち尽くした。そこへ御用提灯を手にした数名の捕り方がやってきた。身構えて三樹之助を囲んだ。突く棒や刺股(さすまた)を手にした者もいる。

「歯向かうな、縛(ばく)につけ」

十手を構えた五十歳前後の岡っ引きが言った。賊と勘違いしたようだ。

「お、おれは賊ではない。通りがかって鉢合わせをし、立ち合っていたのだ」

「何だと、言い逃れしようってえのか」

「本当だ。おれは何もしていないから、手向かいなどしないぞ」

そう言って体の力を抜くと、横にいた配下が二人掛かりで三樹之助の腕を摑んだ。

岡っ引きは、手にあった刀を取り上げた。

刀身を、提灯で照らした。

「血がついているぜ」

射るような眼差しで、こちらを見た。

「それは、賊の刀を弾いたからだ。肘も斬りつけている」

「ふん。都合のいい言い草だ。おやっ」

岡っ引きは、近づいてくると提灯で三樹之助の衣服を照らした。念入りに改めている。

「返り血がついていないな」

「当たり前だ。おれは肘を斬っただけだ。賊は人を斬ったのではないのか」

「そうだ」

「ならば必ず、ついているはずだ。それにおれは、逃げたりはしなかった。歯向かってもおらぬぞ」

岡っ引きは、いきなり三樹之助の懐に手を突っ込んだ。中にあるものを取り出した。男物の財布と懐紙だけである。それを元の懐へ押し込むと、今度は袂を確かめ、袴の上から足を触った。

岡っ引きは町人で、こちらは武家だ。それでも三樹之助は、逆らわずやりたいようにさせた。物盗りの賊ならば、殺した相手から何かを盗んでいるはずである。岡っ引きはそれを捜していると気がついたからだ。

「どうだ、何もないだろう」

体から手を離したとき、決め付けて言った。そしてあることを思い出した。

「黒頭巾の賊は、着流し姿だった。違うか」

そう言うと、岡っ引きは悔しそうな顔をした。低い鼻の穴が、ぷくっと膨らんだ。小柄だが、胸板の厚い男だった。

「名を、聞かせていただきやしょう」

言葉遣いが変わった。こちらの言っていることが、分かり始めたのだ。両腕を押さえていた捕り方に目で合図をした。

三樹之助の腕から手が離れた。

「逃げた侍を、捜せ」

命じると、配下の捕り方は東叡山の闇の方向へ走っていった。

「名は、大曽根三樹之助という。父は旗本だが、おれは次男坊の部屋住みだ」

「お屋敷は、どちらですかい」

「大川の東だが、場所や父の名は言えぬ」

「なぜですかい」

「おれは今夜、家出をしてきたところだからだ」

「ほう」

岡っ引きは、三樹之助の姿を提灯で再び照らした。頭のてっぺんから足の爪先まで、改めて見直した。

身に着けているのは絹物ではないが、決して粗末な衣服ではなかった。薄汚れてもいない。雨の中を歩いていたから、濡れているだけだ。

「おれはこれで行くぞ。殺しの下手人(げしゅにん)ではないのだからな」

歩き出そうとすると、「待っていただきやしょう」と言った。

「お武家さんは、人を斬ってはいねえかもしれねえが、すべて嫌疑が晴れたわけじゃありやせん。逃げたのは仲間で、仲間割れをしたということもないとは言えやせんからね」

「まさか」

三樹之助は笑った。用心深い男だと思ったが、向こうの立場になって考えてみれば、これで逃がしてしまうわけにはいかないのかもしれなかった。

「どうしようというのだ」

「あっしは、この先の湯島切通町で御用を預かる源兵衛(げんべえ)ってえ者です。白黒がはっきりするまで、あっしの家で身柄を預からしていただきやしょう」

「ほう、軟禁(なんきん)しようというのか」

相手が旗本だと、町方にしてみれば管轄(かんかつ)違いで面倒だ。大番屋(おおばんや)へは連れて行けない。とりあえず嫌疑が晴れるまで、側に置いておこうという腹らしかった。

「いや、お客さんとしてでさ。はっきりするまでのことですから」

「飯は、食わしてくれるのか」

本郷へ行くつもりだったが、何かのあてがあるわけではなかった。自分は殺しや盗みなどしていないのだから、怯むことはないのだと考えた。振り切って逃げるようなことは、したくない。

「あっしの家業は、湯屋でしてね。寝泊まりする場所は、いくらでもありやすし、飯も大勢で食いやすから一人二人増えてもどうってことはありやせん」

「そうか、湯屋か。ならばゆっくり入らせてもらうぞ」

「どうぞご勝手に」

ならば潔白が明かされるまで、いてやろうか。三樹之助は、そんなふうに考えた。

源兵衛の家は、『夢の湯（ゆめのゆ）』という屋号だった。自身番で、賊との出会いや戦いについて詳しく聞かれたので、湯屋へ着いたときにはとうに商いは終わっていた。二階座敷に寝かされた。

その夜殺されたのは、身元の知れない二十代半ばの女だという。

源兵衛の手先は、逃げた黒頭巾の侍を捜し出すことは出来なかった。

二

美乃里の夢を見た。一緒に大川の土手を歩いていた。ふわりふわりとした感じで心地よかったが、寝ている下から足音と話し声が聞こえてきた。

耳に覚えのない声や音だ。布団や枕がいつもと違う。ここはどこだと思ったとき、三樹之助は目が覚めた。

まだ暗い。夜明けにはまだ間のある刻限である。

「そうか、ここは湯屋の二階か」

昨夜、この湯屋の主人であり岡っ引きをしている源兵衛という者に、連れて来られたのであった。殺人事件の、容疑が晴れるまでという条件だった。

十畳間を二つ並べたほどの広さで、部屋の隅に碁盤将棋盤などが積んである。まだ火の入らない四角い火鉢には鉄瓶が載っていて、脇にはいくつもの引き出しが付いた小箪笥（こだんす）があった。上に干菓子を盛った盆が載っている。二階でくつろぐ客のために用意されたものだ。

昨夜床に就（つ）いたときは、他にも布団が敷かれていて、何人かの奉公人が寝ていた。だが今はすべてが片付けられて、二階にいるのは一人きりだった。

三樹之助は起き上がると、部屋の隅にある段梯子を下りてゆく。脱衣をする板の間では、二人の男の奉公人が尻端折り（しりはしょり）をして雑巾掛けをしていた。女中は土間を箒（ほうき）で掃いている。

六十前後の番頭らしい男は、番台に座って、火の熾（おこ）った炭を十能（じゅうのう）から火鉢に移していた。

朝湯の客を迎えるための、用意をしているのだった。

洗い場である流し板を覗くと、源兵衛がこれも尻端折りをして小桶を手にして立っていた。襷掛けをし、手拭いを姉さん被りにした二十半ばの女と話をしている。話をしているというよりも、岡っ引きは女に叱られている気配だった。ずけずけと何か言われて、いく分ふて腐れた顔で聞き頷いている。目鼻立ちが似ているから、父娘なのかもしれない。

女は鼻が低いのが玉に瑕だが、怒り顔でもなかなか愛らしかった。

「あれはね、じいちゃんとおっかさんだよ。湯屋の仕事を何もしないで、出歩いてばかりいるから、叱られているんだ」

気がつくと側に、八歳くらいの女の子と、五、六歳の男の子が、いつの間にか梯子段に腰を下ろしていた。娘の方が、三樹之助に説明してくれたのである。

痩せて色の浅黒い子だが、目鼻立ちがすっきりしていて賢そうだ。下の男児は反対に色白で、気弱な目でこちらを見ていた。ふっくらと肥えている。姉弟なのだろう、姉の手を両手でしっかり握っていた。

「ずいぶん強いおっかさんだな」

「そりゃあそうだよ。おっかさんがいなけりゃ、この夢の湯はやっていけないんだから。頭が上がらないんだよ」

女の子はませたことを言った。自分の名はおナツ、弟は冬太郎だと、向こうから教えてくれた。

「おっかさんはお久っていうんだ。三年前におとっつぁんが亡くなって、あたしたち三人で、じいちゃんの夢の湯へ戻ってきたんだ」

あっけらかんとして喋っている。女の子とは、お喋り好きなのだろうか。

「おさむらいさんは、何ていう名なの」

冬太郎が問いかけてきた。ずいぶんと、のんびりとした言い方だ。

「三樹之助だ」

「ふうん」

分かったのか分からないのか区別がつかないという顔をしている。垂れてきた青洟を、おナツがねずみ色をした浅草紙で拭いてやった。慣れた手つきだった。

「三樹之助さまは、何か悪いことをしたのかい」

おナツは顔を近づけ、声をやや低めて問いかけてきた。

「どうしてそんなことを言うのだ」

「だってじいちゃんが、見張っていろって。もし逃げ出そうとしたら、すぐに知らせろって」

「そうか。おナツと冬太郎は、おれの見張りか」

三樹之助は笑った。すると冬太郎も、にやりと笑った。

「悪いことなど、しちゃあいない。ただ悪いことをしたやつを見かけた。それだけだ」

「そうだね。そんな顔をしていないもんね」

なぜそう思うのかは分からないが、おナツは納得したように頷いた。

話をしているうちに、板の間での雑巾掛けが済んで、男の奉公人たちは流し場の奥の小さな戸口の向こうに消えた。そろそろ外が、薄明るくなり始めている。

「あの人たちはさ、釜を焚(た)いたり釜にくべる木拾いをしたりしているんだよ。朝の湯は、うんと熱くしなくちゃならないからね。忙しいんだ」

湯屋は、夜が明けて明るくなったときに店を開けた。朝湯の客がやって来る。奉公人は若い方が米吉(よねきち)、もう一人が為造(ためぞう)だと名を教えてくれた。湯汲みもやるし、背中を流す三助もやる。

番台を見ると、番頭が踏み台に足を乗せて何かをしていた。背後の壁に貼ってある張り紙の一部が剝がれかけているので、貼り直そうとしているのだった。ただ背が低いので、うまくいかない模様だ。

「よし、おれがやってやろう」

三樹之助は背丈が高い方だ。番台に近寄った。

張り紙には、入浴者の心得として定書(さだめがき)が十ほど墨書されている。
一、御老人並びに御病後之御方壱人にて御入湯被下間敷候事(くだされまじくそうろうこと)
一、悪敷(あしき)病体之御方御入湯堅御断候事(かたくおことわりそうろうこと)
一、うせもの不存(ぞんぜず)衣類等御銘々様御用心可被下候事(ごようじんくださるべくそうろうごと)
湯屋へ行けば、こういう張り紙がしてあることは知っている。しかしまともに読むことなど、ただの一度もなかった。初めてきちんと読んだ。

老人や病後の人は一人で入らないでほしい。悪い病気を持っている人も同様。なくなり物があっても店では責任を取らないので、各自で用心してほしいといった内容である。

その他には、当店では火の元を大切にしますよとか、喧嘩をするなとか、烈風の折は何時でも防火のために湯は仕舞いにするといった類(たぐい)だ。読んでみれば当たり前のことだが、客の中には守らない者もきっといるのだろうし、初めに断っておかないと後で面倒になるのかもしれなかった。

「これでどうだ」

きっちりと貼り直すことができた。

「ありがとうございます。たいそう助かりました。私は番頭の五平と申します」

愛想のよい老人だった。面長で顎が突き出ている。髪の毛が薄いので、髷をやっと結っていた。

「さあ、食事を済ましてしまおう。ぼやぼやしていると、お客さんが来ちまうからね」

源兵衛と話していたお久が、皆に声をかけた。

流し場奥の小さな戸口の向こうは、板の間になっていて、食事をするための膳や新品の湯桶、衣服を入れる籠などが重ねられていた。部屋の隅に細い段梯子があって、そこを下りてゆくと湯釜があるとおナツが教えてくれた。

なるほど段梯子のあたりには、熱気が籠っている。

それぞれに役割があるから、全員が一緒に食べるわけにはいかない。釜番の為造は、上がってこなかった。

どんぶり飯に菜っ葉の味噌汁、香の物、大皿にがんもどきの煮物が盛られていた。

お久は三樹之助と目が合っても、挨拶をしなかった。ただ味噌汁をよそって、黙って突き出しただけだった。まだ怒っているような顔をしていた。

三樹之助がいることを、迷惑に思っているふうにも受け取れる。

「くべる薪の値が、また上がりました。まったく頭が痛いですよ」

番頭の五平に愚痴を言い始めた。冬太郎が飯をこぼすと、指で拾って自分の口に入れる。

「さあ、お代わりしてください。飯はたくさん炊いてありますからね」

先ほど土間で掃除をしていた女中が、元気のよい声で言った。三十半ばの、小太りな女だ。お楽という名だと、自分から名乗った。

五平にしても、お楽にしても、三樹之助を怖れている気配はなかった。

人殺しの容疑者となれば、近寄りがたく思うのが当然だが、源兵衛はそのことを話していないのかもしれなかった。仏頂面をしているお久だけが、知っているということだろうか。

源兵衛は、黙りこくって飯を食っている。昨夜あった殺しのことを、考えているのかもしれない。

一足早く飯を食い終えた米吉が、湯釜へ降りていった。するとそれまで釜番をしていた為造が飯を食いに上がって来た。夢の湯で暮らす者は見た感じでは揃った気配だが、源兵衛の女房らしい女の姿はどこにも見えなかった。

出かけているようだ。

次に食い終わった三樹之助は、部屋脇の段梯子を降りて、湯釜のあるところへ行った。薪や古材木が束にされて、うずたかく積まれている。釜の口からは、赤黒い炎がちらちらと舌を出していた。

「熱いな」

「そりゃあそうでさ。でも熱がっていたんじゃ、この仕事はできませんぜ」

米吉は器用に、大きな釜の中へ満遍(まんべん)なく薪を放り込んでゆく。

「上手(じょうず)だな」

褒めてやると、嬉しそうな顔をした。細い目が、線のようになった。

「おれにも、やらせてもらえぬか」

「かまいやせんが、気をつけてくだせえ。火の粉が飛んできやすから」

薪を一本受け取った三樹之助は、釜の口の前に立った。立つだけで、体がちりちりと痛くなった。本当に火の粉が爆(は)ぜてくる。

出来るだけ奥に投げ込もうとして、一歩前に出た。袖(そで)を捲(まく)り上げて、右手を振って薪を投げた。

「あっ」

思ったよりも飛ばず、燃えている薪の紅い塊の中へ突き刺さった。力が入っていたこともあって、いくつもの火の粉が霰のように襲い掛かってきた。

「こ、これは」

跳び退った。だが火の粉は捲り上げた腕に降りかかった。身につけていた着物にも、かかっている。慌てて手で払った。

「でえじょうぶですかい。言わねえこっちゃねえ」

着物と袴に、小さな焼け焦げができた。腕には、ところどころ赤い火傷の痕が出来た。ひりひりと痛い。

井戸水を汲んで、腕を浸していると、おナツと冬太郎が近づいてきた。

「まったく、しょうがないお侍さんだねえ」

おナツは三樹之助の腕を摑んだ。そしてどこから持ってきたのか、白い塗り薬を火傷の痕につけてくれた。

三

手当てを受けた後で、三樹之助は表の板の間へ回った。もうすっかり明るくなって、朝湯の客が来ていた。番台の五平が、十二、三の小僧を供に連れた七十歳ばかりの隠居と話をしていた。糠を売り、爪切りを貸している。

女郎屋からの朝帰りだろうか、龍の彫物をした侠み肌の男と気負い肌の男が、裸になって流し板へ入って行く。侠みの男が、おおきなあくびをした。

「いやあ、まいったまいった」

そう言って入ってきたのは、五歳ほどの子どもを連れた四十ばかりの男。

「どうしました」

五平は笑顔で、相手をしてやる。これも番頭の仕事の内だ。

「昨日は知り合いと、王子(おうじ)の海老屋で飯を食いましてね。その帰り道に駕籠でついなかまで行っちまって、このざまだ。かかあに、体を洗ってこいと追い出された」

王子の海老屋といえば、三樹之助でさえ話に聞いたことのある名代の料理屋だ。そこで食事をして、わざわざ離れた吉原へ繰り出したというのである。女房に追い出されたというが、おおよそは自慢話である。

「あの人は、お医者だよ。藪(やぶ)だけどね。高い薬を売りつけるんだ」

おナツは、厳しいことを言った。

次に入って来たのは、左掌に塩を載せ、右手に楊子(ようじ)を持って歯を漱(すす)ぎながらやって来た若い男である。だらしない浴衣の着方をしていた。寝巻きのままなのかもしれない。

「あれはね、四軒向こうの呉服屋の若旦那だよ。ろくすっぽ仕事もしないで、毎日遊んで暮らしている穀潰しだよ」

いかにも、蔑んでいる言い方だ。

「ほう、よく知っているな」

おナツはまだ八歳のはずである。藪だの穀潰しだなどと、ずいぶんいろいろと言葉を知っている。

「毎日、板の間で遊んでいるからね。お客さんたちの話を聞いているんだ。ここにいれば、町のことは、たいがい分かるよ」

三樹之助の疑問に気付いたらしい。おナツは誇らしげに胸を張った。

朝の湯には、それなりに男の客がやって来る。だが職人やお店者、振り売りなどといった堅気の稼業をする人たちは入れない。朝湯に入れる人間は、おのずと限られてくる。

男湯の賑やかさに比べると、女湯はしんとしている。誰かが入った気配はあったが、話し声はほとんどしなかった。

「女湯の客は、いつもあんなに少ないのか」

「あたり前だよ。女は朝飯の片付けをしたり、掃除をしたり、洗濯をしたりで、朝湯どころじゃないんだ。男とは違うんだよ」

おナツの説明は、分かりやすかった。

そんな女湯に通じる戸口から、源兵衛が出てきた。三樹之助の側へ来ると、話があるのでこちらへ来てほしいと言った。

「女湯ではないか」

三樹之助はどぎまぎした。混雑はないにしても、誰かが入った痕跡があったからだ。

「気にすることはありません。ぜひ会ってほしいお人がいますんでね」

背中を押されて、女湯への戸口を抜けた。

板の間にいたのは一人きりで、女ではなかった。着流しに三つ紋の黒羽織をまとった定町廻り(じょうまちまわり)同心である。年の頃は三十一、二か。眉の濃い四角張った顔は、赤銅色(しゃくどういろ)に日焼けしていた。

源兵衛が手札を受けている、豊岡文五郎(とよおかぶんごろう)という者だと知らされた。

「大曽根さんだそうですね。あなたが頭巾を被った賊と池之端で出会い、斬り合いになった話は聞きました」

豊岡はそう言ってから、昨夜源兵衛から聞かれたことと同じような尋問をした。もちろん、三樹之助はありのままに答えた。ふんふんと聞いていたが、こちらを取り立てて怪しんでいる雰囲気は感じられなかった。

唯一の目撃者として遇している様子だ。

「殺された女は、心の臓を一突きにやられています。歳は二十代半ばで、あれは堅気の女房ですな。なかなかの器量よしだ」

「名や住まいは、分かったのですか」

三樹之助が問いかけると、豊岡は源兵衛と顔を見詰め合ってからため息を吐いた。

「分からないが、何度かこの湯屋へ来ていましてね。昨夜も、顔を出していた。この湯屋で体を洗って外へ出てから、凶行に遭ったわけです。金は奪われたが、手込めにされた形跡はありませんでした」

源兵衛も豊岡も、遺体を改めたとか。

女は湯屋に入って体を洗っていたが、女の局部には男の体液が残っていた。身元を知る手掛かりになるような品は、何も持っていなかった。

「犯されたのではなく、池之端のどこかの出合茶屋で何者かと過ごし、ここで体を洗って帰宅しようとした折に襲われたといったところですかね」

　源兵衛が、豊岡から言葉を引き取った。夢の湯へは一人で来たというから、相手とはすでに別れていたことになる。

「常連ですか」

「いえ、そうじゃありません。やって来るようになったのはこの二、三ヶ月で、せいぜい月に五、六度じゃあねえでしょうか。いつも貸し手拭いで入ってました」

　誰とも話をせず、入浴を済ますとさっさと帰っていった。だから番台に座っている五平でさえ、名を知らなかった。

「ならば、近所の者ではないな。金を奪われていると言ったが、どうしてそれが分かるのですか。初めから持っていなかったということもあると思いますが」

「それは、はっきりしていやす。なぜなら、女が湯に入るときは、いつも財布を番台に預けているからです」

　普通、現金や貴重品は番台では預からないことになっている。ただどうしてもと請われた場合、断りにくかった。断って板の間稼ぎにでも遭うと、後が面倒だからである。

「五平は、中身を改めてから預かりました。返したときに、足りないと言われるのではかないませんから、いつもそうしていやす。女の財布には、小判一枚と古南鐐（こなんりょう）が四枚入っていたそうです」

「しめて一両二分だな。ずいぶん大金だ。賊は、それだけの金を持っていることを知っていたのか」

「さあ、それはまだ何とも言えませんがね」

預けられる金高はいつも一両二分か、それをやや超える額だった。

不忍池畔の池之端仲町(なかちょう)や下谷茅町には、出合茶屋がかなりの数ある。源兵衛は今日、それらを回って、女が使った茶屋を探してみるという。相手の男を割り出せば、下手人に繋がる何かの手掛かりが、得られるかもしれないからだ。

殺された女がどこの誰だか分からないでは、他に探索のしようがない。

「ならば、私も同道いたしましょう。これも、何かの因縁(いんねん)でしょうからな」

日がな一日湯屋で過ごしてばかりでは退屈だ。三樹之助がそう告げると、豊岡も源兵衛も駄目だとは言わなかった。

美乃里のことや、憎い小笠原正親のことが頭に浮かんでくる。あの男だから、他にも悪さをしているはずである。そのへんを探って、ぐうの音も出ない目に遭わせてやりたいという気持ちが湧いたが、今は目の前に起こった事件に付き合ってみようと考えた。

屋敷を出てしまえば、しがらみはない。やりたいことができる。両親は腹を立てているだろうが、それは考えない。

豊岡が去った後、源兵衛と三樹之助は、巡る経路の確認をした。さすがに土地の岡っ引きだけあって、詳しかった。

そこへ湯桶を持ったお久がやって来た。流し場で何かをしていたらしい。三樹之助に、向かい合った。

「お武家さんは、今度の事件に関わりがないんですよね」

叱りつけるような口調だった。これが、まともに話しかけてきた最初の言葉である。朝、顔を合わせたときから、三樹之助に対してはつんけんしていた。

「そ、そうだが」

「だったら、余計なことはしないほうがいいですよ。岡っ引きなんて、ろくなもんじゃないんですから」

決め付けた。お久は源兵衛をも睨みつけて、湯船の方へ歩いていった。源兵衛は、一切言い返さなかった。

朝目覚めて段梯子を降りてきたときも、お久は父親を叱りつけていた。源兵衛は半分ふて腐れながら返事をしていた。

いったい、この父娘はどうなっているのだ……。

武家暮らししかしたことのない三樹之助には、得心のいかない光景である。

そういえば、源兵衛の女房らしい女の姿は、いまだに現れなかった。いないのだろうか。

四

東叡山の向こうに、昼下がりの日差しが輝いている。すっきりと晴れたのは、五月になってから、まだ二日ほどしかない。不忍池の畔で、男の子たちが棒切れを振り回して遊んでいる。甲高い声が、青い空にこだましていた。

水面に東叡山の姿が映り、鴛鴦(おしどり)が群れをつくって泳いでいる。

源兵衛に連れられた三樹之助は、六軒目の出合茶屋に入って行く。商家に挟まれた路地の奥や、どうということのないしもた屋の並びにあったりと思いがけない場所に潜んでいた。

源兵衛はさすがに岡っ引きだけあって、迷わずに次々と歩いた。

「おや、親分さん」

現れる番頭やおかみとは顔見知りである。話が早かった。昨夜女が斬殺されたという話は、ほとんどの者が知っていた。噂の足は速い。

源兵衛は、殺された女の年頃や顔の特徴、着物の柄などを言ってゆく。玉子を逆さにしたような顔には、細い眉と広めの額は愛らしかったかもしれない。滝縞（たきじま）の単衣（ひとえ）を着ていたなどと気づいたことをつけ加えた。

「そうですね。でも昨日は、そういうお客さんは、見えなかったですね」

昨夜の今日である。誰もが鮮明に覚えていた。申し訳なさそうに、初老のおかみは答えた。

「では、前に来たことはないか」

殺された女は、少なくとも月に五、六度は夢の湯を利用している。出合茶屋を使っていたならば、昨夜だけとは限らない。

「申し訳ありませんね。思い出せません」

たとえふりだけだとしても、おかみは何度も首を捻った。記憶にはないということだった。回った茶屋では、すべて同じ答えが返ってきている。

「ご苦労様でした」

出ようとすると、おかみは素早く源兵衛の袂に、小銭を落とした。出合茶屋では、いろいろと面倒な悶着が起こりやすい。あらかじめそうやって、岡っ引きの受けを良くしておこうという腹らしかった。

源兵衛は何事もなかったように、通りへ出てゆく。

次は坂を上って、大名屋敷と寺に囲まれた町筋に出た。商家など一軒もなく、庭のある一軒家が並んでいる。

「今度で七軒目だな。そろそろ現れてほしいところだ」

「さあ、どうでしょうかね」

三樹之助が話しかけなければ、源兵衛は一切口を開かない。黙って歩いてゆく。何を考えているのか、見当もつかない親仁だった。

源兵衛が立ち止まったのは、瀟洒な隠居所ふうの建物の前だった。庭も広く取られている。とても男女の密会のために使われているとは、三樹之助には思えない。

木戸門は閉じられていたが、押すと門扉はぎぎっと音を立てて開いた。看板らしいものは何もないが、密会のための部屋を貸すということで、口伝えで知られている家だと源兵衛は話した。ちらと窺える庭は、落ち着いた佇まいだ。

躊躇いなく源兵衛は入って行く。入口で声をかけると、六十絡みの一見俳諧師といった雰囲気を身にまとった男が出てきた。番頭だろうか。瓜のように下膨れの青白い顔付きで、左目の下に大きなホクロがあった。

「旦那、昨夜の捕り物の話ですね」

源兵衛の顔を見て頭を下げ、すぐに老人が言った。前歯が一本欠けているので、多少息が漏れる。

「そうだ、覚えがあるか」

これまでの六軒と同じ説明を繰り返す。女の着物の話をしたときに、老人の目が光った。

「滝縞の着物ならば、昨日来ましたよ。初めてではありませんな」

待ち望んでいた反応である。顔貌（かおかたち）も、話の通りだと言う。最初に現れたのは一、二ヶ月前で、それから六、七回ぐらいだそうな。だから顔は、はっきり覚えていると自信ありげに言った。

「いつも、同じ相手だったのか」

「違う人もいましたが、同じ人のときもありましたね」

口を歪めて、嗤った。侮蔑の気配がある。

女は亭主持ちで、密通をしていた可能性もないとはいえないが、体を売っていたと考えるほうが自然だと思われた。

事が済んだ後、湯屋に寄って体を洗ったというのも、それならば納得がゆく。番台の五平に預けた一両二分は、その代金だったのだろうか。

「相手は、どんな男だったのかね」

「はい。このところ三度ほどは、同じ方でしたね。歳は四十ほどの、お坊さんです」

「ほう」

源兵衛も三樹之助も、驚きを含めた声を上げた。ただ考えてみれば、僧侶であっても男である。こういう場所で女を買ったとしても、不思議だとはいえなかった。

「身につけていた僧衣は黒い地味なものでしたが、あれは上物でしたね。微かに香のにおいがしましたが、いいにおいでしたよ。きっとそれなりの寺の住職じゃないですか」

もちろん、名乗ったりはしない。口を利くのも、使った部屋の代金を支払うときくらいのものである。

「顔付きや、体付きはどうだ」

「大柄でしたね。でもこちらのお武家さんよりは、一、二寸低いかもしれません。ただ太っていました。目が大きくてぎょろりとしていましてね。そうそう頭が妙に平べったい感じでした」

「二人が話をしているのを、何か聞かなかったか」

源兵衛はきつい眼差しで、老人を見詰めている。目が大きいとか、頭が平べったいというだけで、広い江戸中の僧侶からたった一人を炙(あぶ)り出すなどは、とうていできるものではない。そんなことは、三樹之助にも分かった。

「はて、どうでしたかね」

腕組みをした。口を半分開けて、欠けた歯の隙間に舌を押し込んでいる。これが老人の考えるときの癖なのかもしれない。

「ああ、そういえば」

まるで鬼の首を取ったような顔をした。

「思い出しました。客が来て部屋へ案内した後、うちではすぐに饅頭と茶を出します。後は顔出ししませんがね。その茶を運んだときに、坊さんは延寿丹(えんじゅたん)という丸薬を常備しているという話をしていました。あれは、腹に効く薬ですな」

「そうかい」

期待していたらしい源兵衛の顔に、微かな失望が浮かんだ。延寿丹は安価な薬ではないが、手に入れにくい品ではなかった。江戸中の名のある薬種屋ならば、かなりの店で扱っている。

「他には、どうだね」

催促をしたが、老人は思い出せなかった。互いに名を呼び合っている場面も、見かけなかった。

女は、僧侶とは違う男ともやって来たという。どのような人物だったか、当然聞いた。

「お金持ちの商家の旦那と職人の親方といった感じでしたね」

そう言ったが、一回しか来なかった男たちだから、特徴がどうだったと話をすることが出来なかった。ただ共通しているのは、金のありそうな男たちだという点である。

「これでは、捜しようがないな」

通りに出てから、三樹之助は言った。ぼやき声になっているのが、自分でも分かった。

「まあ、こちらの思い通りには、いかねえでしょうよ」

源兵衛は、そう落胆した様子を見せなかった。もともと気持ちの動きを、見せない男である。

もう出合茶屋へは行かない。池之端からどんどん離れてゆく。大名屋敷が並ぶ御成街道を南に歩いた。再び町家へ出ても、歩みは止まらなかった。神田川にぶつかり、筋違橋を渡った。

八つ小路の雑踏を抜けて行った先は、神田通新石町である。黒澤屋という間口の広い大店の薬種問屋だった。人の出入りも多く、店の前には大八車が停まって、手代が小僧を使って荷下ろしをしていた。

店内に入ると、戸は開け放してあるのに、薬種のにおいがした。薬の品名と値を記した張り紙が、所狭しと壁に貼ってある。朱墨で文字の横に丸印が付いている品もあった。

ここは縄張り外だったが、源兵衛は店の番頭を知っていた。

店には客の姿が多かったが、源兵衛を目に留めると、向こうから近づいて来た。

「延寿丹でしたら、当店でも扱っております」

四十前後、絹物の夏羽織をきっちりと着こなした、抜かりのない目をした男だった。

「神田、蔵前近辺で、この薬を卸している小売りの店を教えてもらいてえ」

これが黒澤屋へ寄った、目論見だった。

「少々、お待ちください」

番頭は、二冊の厚い大福帳を持ってきた。

五

蔵前、神田、日本橋界隈で、黒澤屋が延寿丹を卸している小売りの薬種屋は、三十二店に及んだ。他に上野や本郷、本所あたりにもある。かなり広範囲にわたっていた。

「まあ、片っ端から当たってみるしかねえでしょうね」

源兵衛は、相変わらずぶすっとした顔で三樹之助に言った。

薬種問屋は、何も黒澤屋だけではない。京橋や芝、深川、四谷といった場所にも、たくさんの薬種問屋がある。それを考えると、気の遠くなる話だった。

ちょうど昼飯時である。近くの蕎麦屋で、もり蕎麦を二枚ずつ食って、腹ごしらえをした。代金は、源兵衛が払った。出合茶屋を巡ったときに手に入れた袖の下で、馳走をしてくれたのだ。

腹がくちくなったところで、薬種屋回りが始まった。

「延寿丹を買っていかれるお客さんの中に、お寺のご住職はいらっしゃいますよ。ですがいつもお出でになるご住職の目は、ぎょろりとしているでしょうかね。そんなふうにも感じますが、どんなものでしょう。頭は平べったいでしょうかね」

聞かれたほうも答えにくい。声をかけた番頭や手代に、頭を捻られた。それらしいと感じても、背丈が三樹之助よりもかなり低いこともあった。

人の目は、曖昧にしか記憶していないようだ。これという手掛かりも摑めないうちに、時だけが過ぎた。

「そろそろ帰りましょうか。夢の湯も、立て込んでくる刻限ですから」

源兵衛が言った。日差しが西空を、朱色に染め始めている。商家の軒下や積まれた天水桶の陰には、薄闇が這い始めていた。

「あんまりふらついていると、またお久に叱られる」

初めて源兵衛が、自分のことを漏らした。湯屋の主人だが、家業はすべて娘のお久や番頭の五平に任せきっているらしい。そのことを何とも感じていないかに見えたが、少しは気にしているらしかった。

「お久どのは、はっきりと物を言う人だな」

三樹之助も探索には付き合うなと言われた。働き者だが、気性の激しい女なのかも知れない。

源兵衛は返事をしなかった。湯島へ向かった。

暖簾を潜り、夢の湯の戸を開けた三樹之助は、思わずあっと声を上げた。朝とは比べ物にならない数の客が、湯に入りに来ていた。職人や人足、商家の主人らしい客もいた。仕事を終えて、汗を流しに来たのである。

朝湯の客だった隠居や吉原帰りとは、客の質がすっかり変わっていた。三樹之助は、しばらくものも言えずに見詰めた。

これまで湯屋を利用することは多かったが、稽古帰りで、時間帯が異なっていた。

番台にいる五平は、忙しそうだ。

湯に入りに来た客から、入浴料を受け取るだけではない。手拭いや糠袋を貸し、軟膏や足裏のしつこい汚れを取る軽石を売っている。湯が熱かったと苦情を言う客に謝り、衣服棚に空きがないと告げられると、板の間の隅に積んである大振りな籠を指差して、あれを使ってくれとやはり頭を下げる。

ひと風呂浴びた客が、雑談を仕掛けにくる。知らんぷりはできない。男湯だけではない。女湯も五平の持ち場だ。

「火傷の痕は、だいじょうぶかい」

声を掛けられた。おナツだった。洟をたらした冬太郎も側にいる。

「すぐに薬を塗ってくれたからな。ほとんど気にならない。おおいに助かった」

「ならば、よかったね」

ほっとした顔で言った。心配をしてくれていたのだ。

「じいちゃんと、ずっと歩き回っていたんだろ。たいへんだったね。疲れただろ」

おナツはいたわってくれている。

「いや、それほどではない」

剣術の稽古と比べれば、町を歩き回るなどどれほどのことでもない。ただ日がな一日同じことを聞き歩くのは、別の意味でたいへんだった。自分なら、対応が次第に雑になってゆくところだが、源兵衛は初めから最後まで、聞くべきことはきちんと尋ねていた。

岡っ引きも、厄介な稼業だと三樹之助は思った。

板の間の隅に、縁台が置いてある。そこへ腰を下ろすと、おナツと冬太郎も座り込んだ。湯に入れと勧められたが、混んでいる湯には入る気がしなかった。

ぼんやりと、番台の五平や流し板で湯汲みをしている米吉の仕事ぶりを見ていた。するとおかしなことに、気が付いた。

入ってきた客から入浴料を受け取るのが五平の役目だが、客によって受け取ったり受け取らなかったりするのだ。気が付かないのではない。「いらっしゃい」とちゃんと挨拶をして迎えているのである。

「分からぬな」

覚えず声になった。

おナツは片手を三樹之助の膝に乗せている。冬太郎は、おナツの膝に手をかけていた。ついでに頭も肩にもたせ掛けている。甘ったれだ。

「どうしたんだい」

おナツが聞き返してきた。

「どうして、銭を払わない客がいるのだ」

商売でやっている湯屋である。まさか相手によって、代を取らない客がいるわけではあるまい。

「なあんだ、そんなことか。あれはね、一ヶ月ごとにまとめて払っているお客さんなんだよ。うちは百四十八文。それだけ払っておけば、何回でも入れるわけさ」

「割安だな」

そんなことも、三樹之助は知らなかった。

「入るたびに払うのを現金湯、まとめて払うのを留湯（とめゆ）っていうんだよ」

湯屋の娘は、さすがに詳しかった。

五平は入ってきた客の顔を見て、現金湯の客か留湯の客かを即座に見分け、入浴料を徴収しているのだった。

番台は男湯と女湯を遮って土間の中心にある。板の間よりもずっと高い位置にあり、そのせいで座っている主人や番頭は『賓頭蘆尊者』と揶揄して言われた。賓頭蘆尊者は釈迦の弟子で、十六羅漢の一人、禅寺などでは本尊の側にその像を台座の上に安置してある。参詣人で病に苦しんでいる人が、自分の痛い患部と同じ場所を撫でれば、これが治ると信じられていた。

だが番台に座っている賓頭蘆尊者は、体を撫でさせない代わりに、しなければならない仕事がたくさんあった。

入浴を済ませた客は、二階へ上がってくつろぐ者もいるが、ほとんどは帰ってゆく。家では女房が晩飯を拵えて待っているのかもしれないし、独り者ならば、いっぱいやりに行くのかもしれない。

引きも切らず新たな客がやって来た。

「今日は久々に日が照った。そろそろ湿っぽい毎日は、終わってほしいね」

「ほんとうだね。両国川開きの頃には、すっきりするんだろうがね」

「うむ。五月二十八日だな。ぱんぱん揚がる花火が楽しみだね」

「おや、あんたも花火見物に行くのかい」

「あたり前だ。あれを見なくちゃ、夏は始まるめえ」

　中年の職人ふうが話している。

　川開きとは、大川に涼み舟を出すことが許される第一日目のことで、大掛かりに花火が揚げられる。江戸の庶民は、誰もがこれを楽しみにしていた。

　誰かが言い出すと、花火が客の話題になった。去年の花火はどうだったとか、今年の趣向はどうだろうかとか、そういう話である。

　そのとき、甲高い声が響いた。

「あたしの着物が、どこを捜してもありませんよ。番頭さん、どうしてくれるんです」

　五十代の、ふっくらとした顔付きの男である。手拭いで前を隠して、番台の五平に言い募っている。金を払わずに入った留湯の客である。三樹之助は、入ってきたときのことを覚えている。商家の主人といった風情だった。

「衣服棚はどこもいっぱいでしたからね、番頭さんに言われたままに、籠に入れて、あそこらへんに置いておいたんですよ。袂には、財布も入れていました。それが湯から出たら、すっかりなくなっている」

「よく捜したんですか」

五平は、困惑ぎみに言った。喋っていた客たちは出来事に気付いて口を閉じ、成り行きを見詰めている。

「あたしの着物は、単衣ですがおろしたての新品です。帯は博多物。財布にも二両近い金が入っていました。金と着物を奪われた客を、夢の湯では裸で帰すんですか」

かっかとしている。顔が赤いのは、湯上がりだからというわけではない。

「おい、源兵衛はどうしたんだ」

三樹之助は、おナツに尋ねた。岡っ引きならば、手馴れた裁きをするだろう。

「いないよ。戻ってきたら、すぐにおっかさんに何か言われて、出かけてしまったから」

「そうか」

面倒なことになりそうだった。この騒ぎの中で、湯から上がって着衣を済ませた客が、帰ろうとしている。五平は平身低頭で、帰るのを待ってくれと頼んでいる。

板の間稼ぎをした者は、すでに帰ってしまったかもしれない。だが、まだ残っていないとも言い切れない。客をすぐに帰してしまうことはできないのだ。

「しかたがない」

三樹之助は、縁台から立ち上がった。そして土間に下りると、出入り口につっかえ棒をかけた。出られないようにしたのである。

「それぞれに、自分の衣服を持ってもらおう。他人のものには、一切手をつけてはならぬ」

叫んだ。道場で鍛えた気合の籠った声である。客たちは一瞬何だという顔をしたが、しぶしぶ従った。流し場や湯船に入っている客にも出てきてもらった。お久と米吉が、素早く動いて声をかけたのである。

衣服棚はすべて空になり、着物の入った籠が一つだけ残った。中身を手に取って見ると、薄汚れた汗臭い木綿の単衣だった。かなり古いもので、裾や袂、襟首といったあたりの色が変わって擦り切れている。

「これを着てきた者に、覚えはないか。奪った、絹物の新品を着て帰っていった男だ」

三樹之助がそう言うと、客たちは顔を見合わせた。夢の湯の常連ではなさそうだ。

「ああ、あいつだ」

頓狂な声をあげた、お店者ふうがいた。

「うん、おれも覚えている。あいつ、湯島切通片町のひさごってえ居酒屋で、酒を飲んでいるのを見かけたことがある。そうそう、ちょぼ丙とか呼ばれていたな」

そう言ったのは、丸太のような腕をした人足らしい三十男だ。

「行ってこよう」

三樹之助は言い残すと、切通片町へ駆けた。ひさごという居酒屋は店を開けていて、客で賑わっていた。人足や振り売りといった稼業の男が多そうだ。

「ちょぼ丙という客は、来ていないか」

まん丸に肥えた、二十歳前後の女中に問いかけた。

「来ていませんよ、裏手の八兵衛店という長屋に住んでいますから、そちらへ行ってみたらどうですか」

ちょぼ丙とは、驚くと賽子のちょぼ点のように目が小さくなる、丙吉という棒手振だそうな。酒好きで、女房も子どももいない三十男だと教えてくれた。

八兵衛長屋は、木戸を潜るとどこかから生物の饐えたにおいがした。風がないので蒸し暑い。二棟並んでいる一棟の真ん中の部屋に、淡い明かりが灯っていた。

丙吉の部屋である。

三樹之助は訪いを入れることもなく、乱雑に腰高障子を開けた。

中では、細かい子持ち縞の銀鼠の単衣を着た男が、目を点にしてこちらを見ていた。

新品の着物である。

「くそっ」

湯屋から来たと感じたのだろう、縁先へ飛び出そうとした。三樹之助は履物のまま駆け上がり、足を手で払った。ばたんと大きな音を立てて、丙吉の体が転がった。

右手を取って、後ろに捻りあげた。

「いててっ」

呻き声が上がった。

そのまま、乱暴に夢の湯まで引きずって行った。丙吉は履物を履いていなかったが、そんなことは気にしなかった。

「こ、これです。これが私の着物です」

板の間で待っていた、盗まれたと叫んだ男は、ほっとした顔でそう言った。懐には、まだ手つかずの財布もあった。

「早く動いていただいたので、助かりました」

深々と頭を下げた。湯屋には、どうなることかとほとんどの者が残っていた。

「頼もしいねえ」

「夢の湯に、お助け役が現れた」

あちこちで、声が上がった。

「ありがとうございます。あなた様がいなかったら……」

五平も番台から降りてきて、丁寧（ていねい）に頭を下げた。

「三樹之助さまは、強いんだね」

おナツが言った。おナツは、切通片町までつけてきて、様子を見ていたのだそうな。

板の間にいる皆が、口々に褒めて三樹之助を囲んだ。だが一人だけどうでもいい顔で、近寄ってこない者がいた。

お久である。

何事もなかったという顔をしていた。

六

「おなかがすいたね」

冬太郎が、親指をしゃぶっている。板の間騒ぎは収まって、客もほとんどが入れ替わっていた。

「また指なんかしゃぶって、だめだって言っただろ」

おナツが叱ると、幼い弟はべそをかく。けれども泣くわけではなかった。べたべたになった指を姉が拭いてくれるのを、まんざらでもない目で見ている。

「じゃあ、ごはんを食べようか」

「うん」

嬉しそうに冬太郎は頷く。

「三樹之助さまも、いっしょに食べようよ」

おナツが勧めてくれた。冬太郎も、にこにこして「食べよう」と言っている。

それを聞いて、腹の虫がグウと鳴いた。昼に蕎麦を食べただけだった。

「でもおっかさんや、働いている人たちはどうするんだ」

「皆、手が空(す)いたところで、それぞれに食べるんだよ。流し板の奥にある部屋へ行けば、晩御飯の用意はできているよ」

皆が揃って食事をするのは、朝飯だけだとか。その朝飯を食べた裏手の台所をかねた部屋へ行くと、確かに食事の支度(したく)が出来ていた。

大皿には、蒟蒻(こんにゃく)と蕗(ふき)の煮付が盛られ、銘々の小鉢には、鮪(まぐろ)の赤身の饅膾(ぬたなます)が膳に載っていた。ぬたを小指でなめてみると、酢味噌の味がぴりりと舌の先に染みて、生唾が湧いた。

おナツが汁を温めてくれた。豆腐の味噌汁である。

「いつも、二人だけで食べるのか」

「ううん。誰かといっしょのときもある。本当はおっかさんと食べたいけど、遅くなるからダメだって言われる」

「なるほど」

板の間で様子を見ていると、奉公人たちは、何かあるとお久か五平に相談する。源兵衛がいないので仕方がないのだが、湯屋の切り盛りをしているのは、主人ではなくこの二人らしい。

お久が晩飯を食えるのは、湯船の湯を落としてからなのかもしれなかった。

「ちょっと寂しいな」

「ううん。慣れているから」

おナツはそう言って、ずずっと汁を啜った。けれども慣れてなどいないのは、三樹之助にはよく分かった。慣れるわけなどないのである。

家の大人や奉公人にかまってもらえないのは、冷や飯食いの次男坊だった三樹之助にも覚えがあることだった。三樹之助が早いときは、父や兄が膳に現れるのを待たされる。しかし自分が遅いときは、待つ者は一人もいなかった。

物心が付いた、冬太郎くらいの年頃からそうだった。

確かに、今は慣れてしまった。けれどもだからといって、嬉しいわけでも満足しているわけでもなかった。

「ほら、こぼした。ちゃんと茶碗を持って、口へ運んでいかないと」

見ていると冬太郎は、煮付の汁や米粒をよくこぼす。着物の袖や胸のあたりには、けっこう染みができている。

「分かっているよ」

つの口して応える冬太郎だが、六歳にもなってこぼしたり、指をしゃぶったりするのは、寂しいからに違いないと三樹之助は思う。何くれとなく世話を焼かれる兄を見て、羨ましいと思ったことは何度もある。気にしない振りをしたが、やっぱり寂しかった。

ただ自分が救われたのは、兄一学が貰った菓子を分けてくれたり、小遣いをくれたりと、何くれとなく面倒を見てくれたからである。冬太郎にとっておナツは、そういう存在なのかもしれない。

おナツには、誰がいるのだろうか。

そう考えたとき、あることを思い出した。朝の食事をしたとき、源兵衛の連れ合いらしい女の姿を見かけなかった。どこかへ出かけたのかと考えたのだったが、今になっても見かけない。

「ばあちゃんは、どうしたんだ。まだ帰ってこないようだが」

そう言うと、おナツも冬太郎も箸が止まった。

「死んだんだよ。出かけているんじゃないよ」

「どうして死んだんだ。病か火事か」

「知らないよ」

おナツにしては、そっけない返事だった。八歳の子どもだって、祖母がなぜ亡くなったのか、知らないわけがない。

それ以上聞かれるのを避けるように、飯を食い始めた。蒟蒻の煮付を、冬太郎の茶碗に入れてやる。

「川開きの花火、見たいな」

「うん。見たい」

姉弟が声を揃えて言った。板の間で話題になっていたのを、忘れてはいなかったらしい。

「去年は、見物に行ったのか」

「行けるわけがないじゃないか。花火の日だって、湯屋は店を開けるんだから」

「なるほど、すると一度も行っていないのか」

「ちっちゃい頃は行ったらしい。でも覚えていないよ」

父親を亡くして、この子らは三年前に夢の湯へやって来たのだった。

「連れて行ってやろうか」

「ほんとっ」

二人の顔が、輝いた。冬太郎の箸から、ぼろっと米粒が落ちた。本人もおナツも、それに気が付かない。

「もちろんだ。おれは嘘をつかない」

いつまでここにいるか分からないが、それくらいはしてやってもいいという気持ちになっていた。三樹之助は、冬太郎がこぼした米粒を指で拾ってやる。

「うれしいね。花火まで、あと何日だろう」

おナツが指を折って、数え始めた。冬太郎も真似をしている。

深川御舟蔵に隣接した大曽根屋敷からは、川開きの花火がよく見えた。庭に出て、父や母、兄一学と見物をしたものである。美乃里を含めた袴田家の人たちも、度々(たびたび)やって来た。花火の日の雑踏へは、刀を腰にした武家は行けないから、大曽根屋敷は、恰好の見物場所だった。

　去年の夏は、美乃里と並んで夜空を見上げた。

「早くこないかな、花火」

　冬太郎がはしゃいでいる。

　子どもを連れて行くときは、頭に手拭いを被って、腰刀をはずしていこう。それならば、問題はない。

　そんなことを考えていて、三樹之助ははっとした。

　大曽根屋敷から自分が抜け出して、丸一日がたっていた。

　父母は、烈火のごとく怒り、団野道場にも伝わっているだろう。

　三樹之助は屋敷へ戻るつもりはないから、縁談は確実に壊れる。

「それでかまわない」

　父や叔父は慌てるだろうが、自分の気持ちは変わらない。小笠原が取り持った縁談を受け入れたならば、美乃里の無念は永遠に晴れることはないのだ。

七

翌朝、段梯子を下りて板の間へ出た三樹之助のところへ、お久が近づいてきた。襷掛けで、頭は手拭いの姉さん被り。掃除の途中らしい。

「おナツと冬太郎を、花火に連れて行くと話したそうですね」

いつもながらの、仏頂面である。目に、非難のいろが籠っていた。

「ああ、行きたいと言っていたのでな」

喜ばれこそすれ、苦情を言われる理由はないと思っていた。だからお久の口ぶりには、少なからず面食らった。

「やめてくださいな、余計なことは」

きっぱりと言われた。躊躇いのない口ぶりだった。

「どうしていけないのだ。子どもは、あんなに喜んでいたのに」

「だからまずいんですよ。旦那は、いつまで居るか分からない。できるかどうか分からない約束なんて、しないでくださいよ。がっかりするんですから」

「…………」

三樹之助はそう言われて、息を呑んだ。花火は七日後である。一昨夜の斬殺事件が解決されれば、夢の湯にいる理由はなくなる。

どうせ口先だけだろうと、見縊(みくび)っている気配が窺えた。だが言い当てられたという気持ちもどこかにあった。

「いや。たとえここに居なくなっても、その日は連れて行ってやるつもりだ」

「裏切らないでやってくださいよ」

仕方がないという顔で、お久は去って行った。

背中は、どうせお前は連れて行かないと言っている。

「くそっ」

呟いた。実際に連れて行かなければ、お久はこちらの気持ちを理解しないだろう。

朝飯を済ませた後、今日も三樹之助は源兵衛と薬種屋回りをするつもりだった。殺された女を、出合茶屋で最後に抱いた僧侶を捜し出すのである。これが分かれば、相手の女の身元も割れるし、斬殺の事情も見えてくる。

賊は黒頭巾を被っていた。出来心で、罪を犯したのではない。女を初めから狙っていたはずだ。

ところが出かけようとしたときに、同心の豊岡から源兵衛が呼び出された。

「戻ってくるまで、のんびりしていてくだせえ」

そう言って、一人で行ってしまった。

残された三樹之助は、しかたがなく釜焚きの為造の手伝いをした。

為造と米吉は交替で、釜焚きと流し板での湯汲みをおこなっている。湯汲みとは、きれいな上がり湯を客の桶に汲んでやる役目だ。体を洗うのに使った桶には、垢や糠がこびりついている。清潔な上がり湯に、そんな桶を突っ込まれてはたまらない。

湯船の湯が熱いと言われたら、水を差したり、釜焚きに伝えて温度調節をしたりする。

いずれにしても、昼前はそう混雑はしない。もう火傷をしないように注意して、三樹之助は釜の口へ薪を投げ入れた。

「だんだん、上手になるね」

いつの間にか側にいたおナツが、褒めてくれた。

「しばらく、三樹之助さまの見張りができないね」

「どうした。どこかへ行くのか」

おナツと冬太郎は、近くの寺へ一刻半（約三時間）ほど読み書きや手習いの稽古に出かけてゆくのだという。

昼近くになって、源兵衛から連絡があった。京橋金六町にある、小間物屋讃岐屋へ来てほしいという知らせだった。殺された女の身元が、分かったのだ。

金六町は、京橋でも芝口橋に近い繁華な町である。日本橋から始まる東海道の道筋だ。湯島からは、近いとはいえない。

だがともかく、行ってみなくてはならなかった。

日本橋から南に延びる大通りの両脇には、大店老舗が櫛比している。人や荷車はもちろん、駕籠や馬などがひっきりなしに往来を通行していた。荷車が止まって、荷の上げ下ろしをしているところもあれば、道端に品物を広げて小売りをしている者もいる。

町人も武士も僧侶も、天秤棒を担った近郊の農民も、入り乱れて歩いていた。その繁華な道筋は、京橋を越えて芝まで続いてゆく。

小間物を商う讃岐屋は間口の狭い店ながら、芝口橋の目と鼻の先で京橋でも一等地といえる場所にあった。両脇は共に老舗の両替屋と履物屋である。

讃岐屋は、櫛や簪、笄など飾り物に気の利いたものがあるとして、芝や京橋界隈では知られた店だった。置いてある商品は、安価なものもあるので、若い娘なども求めに来るという評判だった。

声をかけると、店の者ではなく源兵衛が姿を現した。

「よく来てくれやした。殺されたのは、この店の若い女房おれいです」

遺体は、すでに運ばれてきているという。出かけた女房がいつまでも帰らないので、亭主が今朝になって奉行所へ届出をした。その結果、女の身元が知れた。

朝方、源兵衛が豊岡から呼び出されたのは、讃岐屋の主人又七を、遺体の安置してある寺へ連れて行くためだった。遺体を見て、又七は行方知れずになった女房であることを認めた。

「こっちだ」

三樹之助は、奥の部屋へ案内された。死体が寝かされている。部屋に入ると、ごく僅かに腐臭があった。じめじめした湿度の高い外気、しかも殺されて三日目になっていた。

線香を上げて、瞑目合掌した。顔にかけられた手拭いを取ると、目鼻立ちの整った二十代半ばの女の顔が現れた。荒んだ気配など微塵も感じられない。堅気で生きている女房の顔だった。

「どうでえ、このお武家さんの顔に、見覚えはないかい」

源兵衛が、枕元に座っている三十前後の男に問いかけた。讃岐屋又七だと、初めに紹介されている。

「いえ、初めてお目にかかります」

三樹之助をしげしげと見た又七は、そう答えた。

それで三樹之助は、源兵衛が自分をここへ呼んだ理由を理解した。

状況からして、自分がおれい殺しの下手人でないことは、大まかなところで感じている。だがまったく無関係だとも断定できなかった。実行犯ではなくても、何らかの役割を担っていたのかもしれない。そこまで慎重に考えて、生前関わりを持っていたかどうか、首実検したのだ。

飯を食わせ、夢の湯に置いておくのも、そういう理由からだろう。

「まったく、とんでもない話でございます、まさかこんなことになりますとは」

青白い顔の又七は、打ちひしがれたという眼差しで呟いた。目の焦点が合っていない。女房がよその男に抱かれ、その帰途に斬殺されたのである。殺された状況や調べたことは、すでに源兵衛が伝えている様子だ。

「何度も聞くが、本当に殺される覚えはねえんだな。誰かと付き合っていた様子もなかったのだな」

「あ、ありません。あいつが、誰かと出合茶屋へ行くなど、考えもしませんでした。

気配もありません」

蚊の鳴くような声だった。浮腫(むく)んだ目に、涙の膜が出来ている。満足に寝ていないのかもしれない。

一昨日の夕刻、おれいは品物を客の家へ届けると告げて出かけていった。店で客の応対をすることも多かったので、品物選びにおれいの意見を聞きたがる客もかなりいた。注文品を届けることも、ままあったのである。

「持っていた金高は一両二分だが、いつもそんなに金を持たせていたのか」

「いえ、そのようなことはありません」

「となると、やはり男から貰っていたことになるな。おれいはその金を、どうしていたか見当がつくか」

「と、とんでもありません。第一そんな話は、私には初耳なのですから」

顔が赤くなったり、青くなったりする。動揺していた。降りかかった出来事を、受け入れかねているのかもしれない。

「夫婦仲はどうだったんだ」

「悪いはずが、ございません。おれいは、私が望んで女房にした女です」
十五、六歳の小僧がいて、それが茶を運んできた。表店とはいえ小店だからか、奉公人は外回りをする番頭を含めて二人だけだという。

他には又七の母親と、二歳になるおれいが生んだ男児がいる。隣の部屋で、六十に近い細面（ほそおもて）の女が、子どもを鞠（まり）で遊ばせていた。

鞠は、赤糸と白糸を織り込んで丸くした古い品である。絹糸が、黄色く変色しかけているが、複雑な模様で上物（じょうもの）であることが窺われた。

その鞠を子どもは転がして、部屋の真ん中に立てた茶筒にぶつける。うまくぶつかると、手を叩いて喜んだ。母親が亡くなったことを、まだ分かっていない。

目や眉、鼻のあたりが母親に似ている。

「あの人が、あんな死に方をするなんて」

姑（しゅうとめ）は、小さいが力の籠った声で言った。怒りがある。殺されたことか、不義が明らかになったからか、それは見ているだけでは判断が出来ない。信じていた者に裏切られたという失望も大きいのかもしれなかった。

この一、二ヶ月の暮らしぶりを聞くが、とりたてて怪しげな行動はなかったと言っている。ただ客とは思えない荒んだ気配の男と、おれいが話をしている姿を二、三度見かけたことがあるそうな。そのときは、おやと思った程度だったが、今となって考えてみると何かあったのかもしれないと付け足した。

讃岐屋の旦那寺は、芝にある瑞恩寺だそうな。そこの住職は仁円といい、五十歳代で、その跡取りの若和尚は二十代。出合茶屋の番頭が言った僧とは、年齢が合わなかった。客には坊さんもいるが、ぎょろりとした目の、頭の平べったい人物は思い当たらないという。

源兵衛と三樹之助は讃岐屋を出ると、まず金六町の自身番へ行った。おれいの評判と人間関係を、聞いてみようと考えたからである。

「まあ、見た目には悪くなかったですがね」

自身番に詰めていた中年の書役は、開口一番そう言った。おれいが殺されたこととその状況についても、すでに知っていた。

「おれいさんは、芝口橋を渡った向こう側の、芝口新町の裏通りの豆腐屋の娘だったんですよ」

「ほう」

源兵衛は珍しく、少し驚いた顔をした。大店ではないが、讃岐屋は表通りの一等地に店を構える老舗である。誰が考えても身分違いだった。

「好いて好かれた仲だったわけですね。それで又七さんは、親や親類の反対を押し切って祝言を挙げたんです。でもねえ、おれいさんてえ人は、なかなか切れる人でね。

店の商いも仕切っていたところがあった。又七さんはそこへいくと、少しのんびりしていたので、物足らなく感じるようになったってことも、あるかもしれませんね」

「男の影といったものはあったのかね。亭主が知らないような」

「それは聞きませんが、もしそういうのがあったら、この近くじゃ会わないでしょうね。遠くでやるんじゃないですか」

　体を売った金で、男に貢いでいたということも、ないとはいえない。だとすれば、その縺れで殺されたとの仮説も浮かび上がってくる。讃岐屋の姑が、おれいが話している姿を目撃したという、荒んだ気配の男も気になるところだ。

「讃岐屋の商いはどうだ。よさそうな品が並んでいたが」

「ええ、若い娘たちが店にいるのを、よく見かけます。そういうときのおれいさんは、なかなか感じのいいおかみさんでしたがね」

　書役は、あしざまには言わないが、おれいに対しては好意的な見方をしていなかった。

　亭主の又七は、殺されるような覚えはまったくないと言った。事実だろうか。かりに言葉通りだとしても、好いて貰った女房に、命を奪われるような出来事が起こっていた。本当に何も気付かなかったとは考えにくい。

嘘をついている可能性を感じた。

「讃岐屋や又七、おれいについては、もう少し聞き回ってみる必要があるな」

自身番を出ると、源兵衛が言った。

八

三樹之助と源兵衛は、さらに京橋金六町と芝口新町を回って歩いた。讃岐屋又七とおれいについて、その評判や数日来の言動について聞いたのである。

又七は覇気がないとか、人が好すぎるとかと軽く見る者も中にはいたが、おおむねは好意的に見ていた。ただおれいとの関係で言えば、尻に敷かれているのではないかと言う者もかなりいた。

おれいは、近所づきあいを疎（おろそ）かにする女ではなかったし、会えば愛想のよい笑顔をしたという。ただ外出することは多かった。店の商品を届けに出かけたのかもしれないが、帰りが遅いこともあったとか。

「何をやっていたんだか、知れたものじゃありませんね。又七さんは、何も言えなかったのでしょうか」

「男の人と、歩いていましたね。この町の人間じゃない。やくざっぽいが、なかなかの二枚目だったね」

そんなことを言う者もいた。

芝口新町には、おれいの弟が商う豆腐屋が今でもあった。両親はすでに亡くなっている。

「あ、あの人が、そんなことをするとは考えられませんね。何かの間違えじゃ、ねえでしょうか」

話を聞いた弟は、金六町の讃岐屋へこれから行こうとしていたところだった。出合茶屋からの帰り道に殺されたことが、衝撃らしかった。

「うちのようなところから、表店の女房にしてもらった。そして、子どもだってできたんですよ」

悄然（しょうぜん）というよりも困惑といった表情で、豆腐屋の弟は言った。

芝口新町では、おれいの評判はよいものとそうでないものと五分五分だった。

「表通りの女房になっても、偉そうな素振りをしたことがない。豆腐屋にいたときとまったく変わらずに接してもらったよ」

「そうかね。あたしには、ずいぶんつんけんしているように感じたよ」

「相手によって、態度を変えるってえことかい」

「それにしてもさ。あの人器量よしだったから、いろいろな男が近寄っていったんじゃないか。あれ、どうなったんだろうね。表店のおかみさんになれるってんで、ぜんぶ袖にして、この町から出て行ったわけだろ」

裏長屋の女房連中は、歯に衣着せぬ物言いをした。

「話で聞く限りでは、何かがあっても不思議ではない女だな」

三樹之助が呟くと、源兵衛が応じた。

「へい。何人もの男と、枕を並べて金を稼いだんですからね」

一通り話を聞いたときには、暮れ六つ（午後六時）を過ぎていた。

今夜は本来ならば通夜だが、死因が死因なので、おおっぴらにはやらなかった。ごく親しい者が集まっただけである。三樹之助は源兵衛と顔を出し線香を上げたが、他に現れたのは近隣の者と数名の縁者だけだった。

寂しい通夜で、怪しげな者の気配は感じられなかった。

「これといった悪党は、現れてはこないな」

「なあに、初めはこんなもんですよ」

せっかちな三樹之助には、進捗しない探索に苛立ちがある。けれども源兵衛にしてみれば、まだまだ三日目で、探索は始まったばかりということらしかった。

三樹之助と源兵衛が夢の湯に戻ってきたとき、五つ（午後八時）近くになっていた。五平が、店の暖簾を今しも下ろそうとしているところだった。

「お疲れ様でしたな。まだ湯に入れますぜ」

五平が言った。もう男湯も女湯も、客はいなかった。奉公人らが入るのはこれからである。

湯屋が商いをしている時間帯は、日の出から日の入りまでが原則だった。夜間の商いは、町奉行所から認められていなかった。

これは火災を慮（おもんぱか）ってのことである。

ただ厳密に守られていたわけではなかった。店によって、季節によって一定していなかった。多くは五つごろまで、入浴をさせた。

奉行所からの達しを、暮れ六つで焚きじまいにすると解釈したからだ。火を落としても湯が温かい五つごろまでは、入浴をさせたのである。

もちろん烈風のときは、いつであっても早じまいにした。火事の恐ろしさは、江戸に住まう者なら誰でも知っているから、苦情を言う者などいなかった。

「さっさと、入っちまってくださいな。終わらないですからね」

板場にいたお久はそう言った。ご苦労様という言葉はなかった。相変わらず不機嫌な顔付きだ。子どもたちや奉公人と話をしているときはどうということもないが、三樹之助や源兵衛には、いつもこうなる。

理由は分からないが、嫌われているなと三樹之助は思う。

そういえば、仏頂面の女の顔がもう二つ頭に浮かんだ。酒井家の志保と侍女のお半である。半日深川を案内させられたが、身勝手な言動を目の当たりにして不快なだけだった。

ぶるぶるっと体を震わせた。

とんでもないものを、思い出してしまった。

為造と米吉が、流し板の掃除を始めている。閉店後の浴槽の始末や洗い場の掃除は、湯屋で働く者の一日の最後の仕事だ。

「客が帰った後、そのままにしておきやすとね、流し板にこぼれた糠や湯垢がついて滑りやすくなります。お客が転んで、怪我でもさせたら申し訳ありやせんからね」

三樹之助が掃除の様子を見ていると、珍しく源兵衛が話してくれた。

伸子(しんし)を束にして床をこすっているのだという。伸子とは、洗い張りや染色のとき、布の両端に刺し込んで弓形に張る竹ひごのようなもので、こするたびにがしがし音がした。

「しかたがねえ、へえりやしょうか」

籠を持ってきて、源兵衛は脱ぎ始めた。瞬く間に、二人とも素裸になった。

「ほう」

三樹之助は源兵衛の体を目にして、小さな声を上げた。小柄だが赤銅色の胸は厚く筋肉が付き、肩幅も広かった。しかし驚いたのはそのことではなかった。

肩、胸、肘、そして腰のあたりと太股(ふともも)に、大小無数の刃物傷の引き攣(ひっつ)れが出来ていたからである。古いものから、ごく最近のものと思える傷もあった。

その中で一番目立って大きいのは、肩から背中にかけてできた六、七寸の刃物傷である。そう古いものではないが、一、二年とも見えなかった。

三樹之助は団野道場で剣術の稽古をしているが、真剣で戦うことはまずない。道場の門弟たちも同様で、体に刀傷がある者など皆無に近かった。

「すごいな」

感歎(かんたん)とも付かぬ声が出た。岡っ引きとして長く仕事をしていれば、いろいろなことがあるだろう。だがそれだけではないのかもしれない。

岡っ引き稼業だけで、ここまで傷を負うとは思えなかった。いったいこの男は、何者なのか。

「どうってこと、ありやせんや」

源兵衛は何事もない顔で、流し板へ出て石榴口へ向かって行く。体に出来た傷について、話をするつもりはないらしかった。

一つ一つの傷口には、振り返りたくない思い出があるようだ。

石榴口を潜ると、湯気が籠っている。真っ暗で、手探りをしないと湯船のありかが分からなかった。

湯は、焚きじまいをしてから一刻ほどたつので、熱くはなかった。

暗さに目が慣れてゆく。源兵衛とは向かい合う形で、三樹之助は湯に浸かっていた。

今日も晴れていたが、蒸し暑い一日だった。じっとりと汗をかいていたので、湯に浸かるのは心地よい。

源兵衛は、目を閉じて微動もせずにしゃがんでいる。

「すでに女房殿を亡くしたそうだな。残念であった。どのような病で亡くなられたのか。もうずいぶん前なのか」

「……………」

三樹之助が問いかけても、源兵衛は目を閉じたままである。

「名は、何といわれたのか」

重ねて問うと、初めて源兵衛は目を開いた。見詰め返してくる。

「旦那はお武家のくせに、ずいぶんとお喋りですな」

そう応じられて、口を閉じるしかない三樹之助だった。

九

朝目覚めると、枕元に冬太郎がいた。ぬっと顔を突き出している。おナツはその後ろで座っていた。どこかで小鳥が鳴いているが、まだ暗い。

「いったい、どうしたんだ」

起き上がった三樹之助は言った。

冬太郎は、真剣な眼差しでこちらを見ている。思い詰めた顔付きだ。唾を、ごくりと音を立てて呑み込んでから口を開いた。

「川開きの花火だけどさ。本当に連れて行ってくれるんだよね」

「あたり前だ。どうしてそんなことを、聞くんだ」

小さな肩に、手を乗せた。ほんの少し汗ばんでいる。

「だってかあちゃんが、どうせだめだろうって、言っていたから」

半べそになっている。

昨日の朝、三樹之助はお久から、出来ないことは約束しないでくれと言われた。連れて行けなくなることを、前提にした口ぶりだった。

そのことを、冬太郎にも話したのだろう。

「そんなことはないぞ。おれは約束したことは、必ず守る。冬太郎もおナツも、行きたいと思っているのは、よく分かっているからな」

「ううん。あたしは、それほどでもないよ」

信じさせるつもりで言った言葉だが、おナツが口を出した。

「うそだよ。あんなに、行きたいって言っていたじゃないか」

冬太郎が、反論した。むきになっている。

「行きたいけどさ、でも大丈夫。三樹之助さまは、無理をしなくてもいいよ」

それを聞いて、三樹之助は、ははんと思った。二人の気持ちが、分かった気がした。冬太郎もおナツも行きたいのだ。でも母親の言うとおり、駄目かもしれないとも感じている。

だからわざわざ、確かめるために来たのだ。

お久はおそらく、だめになると見越して、子どもたちを失望させないために、あらかじめ言ったものと考えられる。当日がっかりさせるのは、酷だと判断したのだ。

幼い冬太郎は、ただ行きたいという気持ちがあるだけだが、姉のおナツの気持ちは複雑だ。駄目になることを見越して、大丈夫だと言っている。それは三樹之助に言っているのではなく、おナツ自身に言い聞かせているのだ。

おナツはこれまで、何度も期待をして裏切られてきたのに違いない。その相手は、お久なのか源兵衛なのか、あるいは亡くなったという父親なのか……。

「案ずることはないぞ。必ず連れて行ってやる」

三樹之助は、冬太郎の体を抱き上げた。軽い、小さな体だった。

その日も三樹之助は、源兵衛に連れられて夢の湯を出た。来いと言われたわけではなかったが、自分からついていった。

「あっしらは、おれいが出合茶屋で一緒だった坊主を捜しやす」

おれいと又七については、定町廻り同心の豊岡文五郎が洗う。源兵衛は、豊岡の指図を受けて動いているわけだ。

特におれいは、怪しげな男と関わっていた形跡がある。

「今日は、蔵前から当たってみやす」

上野東叡山の東から浅草寺までの間は、広大な寺地となる。数え切れないほどの大小の寺が並んでいる。おれいを買った住職が、その中にいる可能性は大きかった。不忍池の西側ならば、女遊びをするのにも適当な距離だと思われた。一回の遊び代が一両二分というのは安くはない。それなりの寺の住職だろう。

「うちは、お寺さんの顧客は、たくさんあります。延寿丹をお買い上げくださるご住職様は、けっこうおいでになりますよ」

どこの薬種屋へ行っても、寺の住職の顧客があった。主人やら番頭に、こちらが分かっている特徴を伝えた。

それなりに考えてくれるが、比較的大柄で目がぎょろりとした、頭が平べったい四十年配という条件に当てはまる人物は、簡単には現れなかった。だが皆無でもなかった。

「います、います。ぴったりの方がおいでになりますよ」

そう言われて、勇んで寺まで行ってみたが、似もつかない僧侶が出てきて、力が抜けた。人物を見る目というのは、それぞれ人によってずいぶん違う。

「それは、下谷（したや）御箪笥町（おたんすまち）の永楽寺（えいらくじ）のご住職と似ていますね」

やり手といった風情の若旦那が、源兵衛の話を受けて言った。あまりに簡単に言ったので、半信半疑だが行ってみることにした。下谷御箪笥町は、東叡山の裏手に当たる。田畑に囲まれた古寺だが、庭の手入れは行き届いていた。

曇天の空が、薄暗くなり始めている。

「はて、どのようなご用件ですかな」

出てきた住職を見て、源兵衛と三樹之助は顔を見合わせた。

身長は三樹之助よりも二寸ほど低く、骨太の体付き。濃い眉の下にあるのは黒目の勝ったぎょろりとした目つきで、坊主頭のてっぺんは確かに平べったく感じた。

ようやく辿り着いた、という気持ちだった。

「おれいという女を、ご存じですかい」

そう尋ねると、住職は不審な目を向けてきた。

「三日前の晩に、池之端で女が殺されました。その女は、殺される前にご住職さんに似た面立ちの方と会っていやして、聞いて回っています。何か、気付いたことがないかと思いやしてね」

体を売っていたとは言わなかった。容疑者だという気配も出さなかった。寺社は町方の管轄ではないので、源兵衛は気を使って話している。拗れると、後が面倒だ。

「知らぬな。それに三日前は、外出はしなかった。寺におったからな、会うことはで

「きまいよ」

あっさり言われた。殺しの探索などには関わりたくない、という気配が露骨に表れていた。

「怪しいな。何かを隠しているのではないか」

寺を出てから、三樹之助が言った。たとえ手は下していなくても、住職の身の上で殺しに関わり合いを持ったとなると、檀家衆への手前面目が立たないのかもしれない。女を買っていたということになれば、なおさらだろう。

「面通しをしやす」

源兵衛はそう応えた。事件の直前に利用した出合茶屋の番頭に、顔を見させようというのであった。

「うむ。それが手っ取り早いな」

いったん池之端へ戻って、番頭を連れてきた。番頭にしてみれば手間のかかることだが、源兵衛に頼まれては断れない。嫌な顔はせずに付いてきた。

「おれが呼び出し、話をしている間にじっくりと顔を見るんだ」

寺の庫裏に回って、源兵衛は番頭に言った。やや離れたところで、三樹之助と番頭は待った。

住職が出てきた。話し声が聞こえてくる。

「よく見るんだ」

三樹之助は、番頭を見詰めた。これで決まってほしいと願っている。

番頭はふうと一息吐いたあと、注意深く見詰めた。だがすぐに顔を横に振った。

「違います。似てはいますが、あの人ではありません」

がっかりしたとも、ほっとしたとも受け取れる声の響きだった。

「そうか」

目撃者に違うと言われては、どうしようもない。三樹之助の声が沈んだ。探索は振り出しに戻ったことになる。


翌日は、朝からまた雨だった。じっとしているだけでも、じっとりと汗ばんでくる。傘を差して、三樹之助と源兵衛は神田の町筋を歩いた。両国橋に近い東側の町からである。

泥濘(ぬかるみ)を歩くから、足はすぐに泥だらけになった。ほっとするのは、雨に濡れた紫陽花(あじさい)が美しく咲いているのを目にするときだけだった。

一件だけ、それらしい人物がいた。今度は江戸川(えどがわ)の北側、小日向水道町(こひなたすいどうちょう)にある天(てん)

満寺の住職である。さっそく昨日の番頭を呼んで面通しさせた。しかしこれも、あてがはずれた。

坊さん捜しも、四日目になった。この日も、細かい雨が降っていた。柱に吊るして乾かしていた袴だが、まだ乾ききってはいなかった。

「二十八日は、晴れるかな」

出がけに、冬太郎が言った。花火の日の天候を気にしている。

雨ならば当然、花火は揚げられない。お久は何も言わないでいる。たまに目が合っても、黙って逸らすだけだ。

神田の西側の町で、まだ行き残していた薬種屋を回った。一軒目の太田屋という店で聞くと、初老の主人が対応した。

「お一人、思い当たりますね。牛込御門から神楽坂を上りきったあたりにある法光院という浄土真宗の寺です。ご住職の名は、托泉様とおっしゃいます」

三樹之助と源兵衛は、神楽坂へ回った。新築された本堂の、豪奢な屋根瓦が濡れている。広い境内ではないが、剪定された樹木が青々しかった。

托泉の顔を見ると、確かに似ていた。岡っ引きの訪問を、不機嫌そうに迎えた。

いい加減な話をしてから、すぐに例の出合茶屋の番頭を呼び出した。三日ぶりで、さすがに迷惑そうな顔をしたが、嫌だとは言わなかった。

顔を見せた。

「あ、あの方でございます」

番頭の顔に、微かな笑みが浮かんだ。

「間違いないな」

「はい。この目で、三回見ていますから」

三樹之助は、小躍りしたい気持ちになった。

やっと探索が進展した。

第三章　両国花火

一

証言を済ませた番頭は帰し、三樹之助は源兵衛に面通しの結果を耳打ちした。

「そうですかい」

頷いた源兵衛は、托泉に向き直った。

会うのは二度目だったが、おれいとのことは否定していた。

托泉は耳打ちするこちらの様子を、注意深く見詰めていた。出合茶屋の番頭が見ていたことには、気付いていないはずである。

「やっぱりご住職は、おれいという女をご存じのはずですぜ。もっとも、そういう名と知っていたかどうかは分かりやせんがね」

「何を言いたいのか」

「池之端ですよ。四日前の晩に、お抱きになったんじゃないですかい」

「ま、まさか」

初めて、托泉はうろたえた。玄関先や廊下を含めた周囲を見回した。誰もいないと分かると、居丈高な態度になった。

「そのような話ならば、聞くつもりはない。さっさとお帰りいただこう」

手を振った。犬でも追い払うといった仕草だった。

「いいんですかい。そんなことを言って。女が一人、死んでいるんですぜ」

源兵衛は動じなかった。しぶとい眼差しで見詰め返している。

「かまわぬ。ここは寺社方の管轄だ。町方が十手を持ってやって来たところで、お門違いだ」

怒っているのか、動揺しているのか、顔が赤い。また手を振った。一刻も早く帰れという態度だ。

「しかしね、はっきり見たと告げる者が、いるんですよ。ご住職は少なくとも、その女を三回は抱いている」

源兵衛がそこまで言ったとき、衣擦(きぬず)れの音がした。四十前後の女が、托泉の横に立った。

「あっ」

三樹之助は、一瞬小さな叫び声を上げてしまいそうになった。縁談をすっぽかして逃げ出してきた、あの酒井家の姫志保が現れたかと思ったからである。

だが一呼吸する間もなく、それが勘違いだと気が付いた。年齢はもちろん、顔など少しも似ていない。ただ身にまとっている雰囲気が似ていた。

特に、托泉を見る眼差しだ。

強い輝きがある。だがそれは、冷たく突き放す光だ。

「お前様、お入りいただきましょう。その話は、私もぜひ伺いとうございますから」

低い声で、有無を言わせぬ強い響きがあった。

「あ、いや、これはな。この者の言いがかりだ」

今度は、顔が青くなった。

「どうぞ、お上がりくださいませ。私は托泉の女房聡でございます」

にこりともしないが、丁寧に頭を下げた。止めようとする托泉には、一顧たりともしなかった。細い眉の下の、切れ長の目。白い顔にすっきりと鼻筋が通っている。賢そうな女だ。意地悪というよりも、気に入らないこと納得のいかないことには、頑として首を縦に振らない激しさを感じた。

夫婦の力関係は、三樹之助の目にも明らかだった。

庫裏の庭に面した広い座敷へ通された。廊下は、歩く姿が映るくらいに磨き抜かれていた。

「女子が一人、亡くなられたとのこと。詳しい話を伺わせていただきましょう」

四人が座って、最初に口を開いたのは聡だった。托泉は落ち着かない様子で、目があちらこちらへ泳いでいる。先ほどの居丈高だった様子は欠片（かけら）もなくなっていた。

「へい、四日前のことでごぜえやす」

源兵衛は、おれいが殺された夜の話をした。斬ったのは黒頭巾の侍だったが、おれいは池之端の出合茶屋で托泉に抱かれていた。それは応対した番頭が、顔を覚えていたといった内容である。

「ではそこで托泉殿は、少なくとも三回は密会をしたのですね」

「さようで。殺されるにいたった事情を知っていなさるかもしれやせんし、そのときの女の様子や言ったことなど、いろいろ話していただきたいことがありやす。ですから延寿丹を常用していた和尚様を捜していたんです」

「なるほど、確かに托泉殿は延寿丹を毎日飲んでいます」

聡は、ここでちらりと托泉に目をやった。見ている三樹之助でさえ、背筋が凍り付きそうになる目つきだった。

「ま、待ってくれ」

堪え切れぬといった気色で、托泉は口を開いた。

「拙僧は、出合茶屋へなど出かけてはおらん。女子との密会など、あり得ぬことだ。見た者がいるというが、そんなものはあてにはならぬ。人違いなど、よくあることではないか」

唾を飛ばして、一気にまくし立てた。

「四日前は、確か夕刻からお出かけになりましたな。帰りが遅そうございましたよ」

尋問口調だった。源兵衛や三樹之助が喋る必要はなかった。

「あれは檀家、扇屋(おうぎや)殿の所によって、その後上野広小路で酒を飲んだのだ」

「どこのお店ですか」

「居酒屋だ。丹波屋(たんばや)という店だ」

「しかと、違いはありませぬか」

「と、当然だ」

托泉の額には、脂汗が浮かんでいた。ぎょろりとした目が、ますます大きくなっている。焦っているが、密会を認める気配はなかった。

認めなければ、話は先へは進まない。

「分かりやした。それならば、こちらで調べさせていただきやしょう」

扇屋は法光院の古くからの檀家で、上野広小路の南はずれ、上野新黒門町東叡山(うえのしんくろもんちょうとうえいざん)拝領町屋(はいりょうまちや)にある仏具屋だという。源兵衛は、扇屋と丹波屋を当たってみると言った。

「すぐにばれる嘘など、わしはつかぬ」

胸を張ってみせたが、虚勢としか見えない。

「どうぞお調べくださいませ。すべてはその後でございます。その上で、あらためてお越しください」

聡が言うと、托泉はどきっとした顔になった。

「あれは、入り婿だな。そうでなければ、あんなにおどおどするわけがありやせんよ」

山門を出たところで、源兵衛が言った。妻女が現れたところで、がらりと托泉の態度が変わった。聡がいなければ、寺社であることを盾に追い返されたところである。

托泉にしてみれば、たとえ金で買った女であったとしても、抱いたことがはっきりすれば厄介だ。家付き娘の女房が許さぬと言い張れば、面倒なことになる。一番案じているのは、そこだろう。

「入り婿とは、あのようなものなのか……」

三樹之助は、胸中の思いを吐き出した。聡が托泉を見る眼差しに、志保のそれが重なった。

自分も酒井家の婿となっていたら、志保の前で、あのようにおどおどするのだろうか。妻を持った身で、他の女子を抱こうとは考えないが、事はそれだけではない。日々の暮らしの中にはいろいろなことが起こるはずだから、そのたびに顔色を窺わなくてはならないことになる。

志保は気に入らぬことがあれば、夫となった自分を、あらゆる場面で責め立ててくるだろう。離別した先夫の勝田仙三郎は、酒井家を出たときには「ほっとした」と言った。それは負け惜しみとは感じられなかった。

「だが美乃里は違う」

あらためて、三樹之助はそう思った。婿であっても、心を許し合って過ごすことができただろう。

屋敷を出て、すでに五日目になる今となっては、縁談は確実に壊れているはずだ。

父母や叔父などの親類縁者は立腹し、酒井との対応にも苦慮しているだろう。

大川の向こうへは、戻らない……。その覚悟に変わりはなかった。

扇屋は、仏具屋としては大店だった。東叡山のお膝元にあって、多数の顧客を抱えているという話である。奉公人の数も少なくない。法光院の有力な檀家の一つだ。

「はい。四日前の晩でしたら、ご住職はお見えになりましたよ」

応対した主人が言った。七つ（午後四時）頃やってきて経を上げ、一刻ほど雑談をして帰っていったという。

「ええ、あのご住職は婿さんです。なかなかきついお内儀様で、たまには羽目をはずしたいこともあるかもしれませんな」

いずれにしても、池之端であった斬殺事件の探索だとは言っていなかった。万々一、おれいを買っていないとなれば後が面倒である。それに最終的な目的は斬殺者の捕縛であって、おれいを買ったことに対する糾弾（きゅうだん）ではなかった。

次に丹波屋という居酒屋へ行った。この手の店としてはかなり広く、押し込めば三十人以上が同時に飲めそうな店だった。店の女中に聞いた。

「お坊様は、こういう店にはおおっぴらには見えません。でもね、衣（ころも）を脱いで身なりを変え、頭巾を被って見える方は、けっこういますよ。うちは剣菱（けんびし）や菊正宗（きくまさむね）を目の前で樽から枡に酌んでお出ししています。魚もいいのが入りますから、少々値が張ってもおいでになるんです」

剣菱や菊正宗といえば、極上の下り酒である。

「四日前ですか。ええ、そういえばお坊様は来ていましたよ。でもね、どなたが法光院という寺のご住職だかはわかりませんね。ぎょろりとした目玉ですか。そんなものは、ちょいと酔っ払えば、大きくなる人はいるんじゃないですかね。混んでいましたから、いちいち覚えてはいませんよ」

いたかもしれないし、いなかったかもしれない。そういうことだった。面通しさせようとしたが、常連ならばともかく、そうでなければ分からないと言われ、諦めざるを得なかった。

二

その居酒屋は、昼飯を食わせた。そろそろ時分時である。ぽつりぽつりと人が集まってきていた。鮎を焼く、香ばしいにおいがしてきた。

若鮎である。

「食って行きやすか」

「そうだな。急に腹が減ってきたな」

三樹之助と源兵衛は、向かい合って樽の腰掛に座った。

「一番うまいやつをたのむ」

そう言うと、「はい」という女中の威勢のよい声が返ってきた。

出てきたのは、鮎の粗塩焼きと菜飯、それに香の物だった。背鰭（せびれ）が黒い若鮎で、ほんのり焦げ目が付いている。別に片口がついていて、中のかけ汁をかけて食べるのだという。

骨が柔らかいので、源兵衛も三樹之助も頭から齧（かじ）った。

「ほんの少し苦味があるが、それがいけるな」

薄い塩味で炊いた菜飯には、細かく刻んだだいこんの葉が、混ぜられている。丼に盛られた飯だが、二人ともお代わりをした。

かけ汁まで啜ると、満腹になった。

「あっしはこれから、奉行所へ行って豊岡様に会ってきまさ」

居酒屋を出ると、源兵衛はそう言った。托泉の報告をしなくてはならないし、おれいや又七の調べがどうなっているか、これも気になるところだった。

これからは好きにしていいというので、三樹之助は湯島の夢の湯へ戻ることにした。空は晴れてはいなかったが、雨はいつの間にか止んでいた。

「早いね、今日は」

裏木戸から中へ入ると、おナツと冬太郎が寄ってきた。釜番をしている為造の、手伝いをしていたようだ。どちらも両手に大振りな薪を抱えていた。

「どうだ、湯は混んでいるか」

「まあまあだね。この刻限だと、女湯の方がお客は来るんだよ」

おナツが説明してくれた。

朝方は、男湯の方が混んでいる。ご隠居や夜明かしした悪所帰りの客がやってきたが、昼下がりともなると様子が変わるのだ。昼前までは、掃除や洗濯、もろもろの雑用に追われた女房たちも、ひと段落する。赤子を連れたり、腰の曲がった婆さんを連れたりしてやってくる。常磐津(ときわず)の師匠や旦那を迎える囲い者もいると言った。

囲い者の意味を、八歳のおナツが分かって口にしているのか、誰かが言っているのを聞いて口にしたのか、それは判断がつかない。だが女湯のおおよその様子は分かった。

「何か、手伝うことはないか」

三樹之助は、釜に薪を放り込んでいる為造に声をかけた。釜焚きは、何気なく薪を放り投げているように見えるが、案外に難しい。釜の中へ満遍なく薪をくべ足さなくてはならないからだ。初めてやったときは、爆ぜて腕に火傷をした。

「それならば、湯汲みをしてもらいましょうか。今は米吉がやっていますが、あいつには木拾いに行かせます。雨が止みましたからね」

木拾いとは、荷車を引いて町を歩き、古木や朽木(くちき)を拾い集めてくることである。薪として湯を沸かすのに使うのだ。

「おっかさんが、いつも言っているんだ。近頃は薪の値段が高くって、ほんとうにやんなっちまうって」

おナツが口を出した。後半は、母親の口真似になっている。

冬太郎が、げらげら笑った。

江戸の多くの湯屋では、松材を使う。房州(ぼうしゅう)産や三浦(みうら)産の海薪と常陸下総(ひたちしもうさ)の本所薪などがほとんどだった。これが近頃では徐々に値上がりしていて、やりにくい。しかも入浴代はお上によって決められており、勝手に値上げすることは出来ない。そこで捨てられている古木や朽木を拾い集めて、薪の代わりにしているのだと為造が説明してくれた。

夢の湯のために、取っておいてくれる家もあるという。普請中の現場からあまり材木をもらったり、川のほとりへ行って流木や竹の切れ端を集めてきたりもする。ただこれには、湯屋ごとに縄張りがあって、好き勝手には回れない。慣れた者でないとできない仕事だった。

「わかった。それならば、おれが湯汲みをしよう」

体を洗う流し板で、上がり湯を客の桶に汲んでやる役目だ。

「頑張ってね」

冬太郎が言うと、おナツがくすっと笑った。

「しっかりね。負けないようにね」

負けるとは、いったいどういうことか。おナツは、ときどき訳の分からないことを言う。

湯を扱う仕事だから、衣服を付けたままではできない。下帯一つの体になった。三樹之助は鍛えているから、米吉や為造の体よりもよほど逞しい。

流し板の中で、上がり湯がある場所を『呼び出し』といった。男湯と女湯のちょうど間にあり、客の差し出す洗い桶に柄杓で湯を汲んでやる役目だ。

男湯も女湯も、上がり湯は一ヶ所である。

三樹之助は、米吉と交代して男湯の呼び出しに立った。

「おや、お助け人の旦那。初仕事ですね」

米屋の隠居が、自分の桶を差し出しながら言った。にやにや笑っている。この隠居は、先日あった板の間稼ぎのときにいて、三樹之助の手際よい収拾の様を見ていた。それ以来顔を合わせると、お助け人の旦那と呼び親しげに話しかけてきた。

桶の外へこぼさないように注意して、三樹之助は柄杓で湯を汲んだ。江戸は水には不便な町だ。湯島は高台だから、夢の湯では深い井戸を掘らなければならなかった。そうでないと水が出てこないと、番頭の五平が言っていた。

女湯の方で、何やら声が聞こえた。上がり湯がほしいと言っている。

「お助け人の旦那、呼び出し口を潜って向こう側へ行かなければ、女湯の上がり湯は汲めませんぜ」

「えっ」

隠居の言っている意味が、一呼吸するほどの間分からなかった。そして気がつくと、胴震いが出た。

「女湯へ行くのか」

今の今まで、想像さえしなかったことである。女の裸など、生まれてこの方目にしたこともない三樹之助だった。

おナツがくすっと笑い「負けないようにね」と言った意味が、ようやく分かった。隠居も、可笑しそうにこちらを見ている。

「早くしておくれよ。あたしゃ風邪を引いちまうよ」

中年の嗄れ声だ。五月になって風邪を引くとも思えないが、急かされているのは確かだ。真剣を握って立ち合うよりも、足腰が震えた。

「ままよっ」

柄杓を手にしたまま、三樹之助は呼び出し口を潜って女湯へ出た。潜ったときから、目を閉じている。けれども閉じたままでは仕事にならない。

「わっ」

一糸まとわぬ女が三、四人、湯桶を持って自分を囲んでいた。白い胸のふくらみやなだらかな肩の線。弛んでせり出した腹もあったが、引き締まってくびれた腰。すらりと伸びた足の付け根にある、黒い繊毛までがくっきりと見えた。

全身が、かっと熱くなった。誰がいてどんな顔をしているのか、年齢は幾つくらいなのか、まったく見る余裕がなかった。顔を上げられないのである。

第一、自分の周りに何人女がいるのか、それさえも数えられなかった。剣の修行をし、大概のことでは動じないつもりだが、その自信は脆(もろ)くも崩れていった。

「さっさと、上がり湯を汲んでおくれ。そのために来たんだろ」

先ほどの嗄れ声が聞こえて、手桶が突き出された。

「うむ。今汲むからな」

柄杓で汲んで、手桶に入れた。けれども手がぶれて、三分の一くらい外へ流してしまった。

「もったいないじゃないか。おや、お武家さん、堅くなっているね」

「ほんとだ。可愛いじゃないか」

「なかなかの男前だよ」

遠慮のない声が、三樹之助を襲った。げらげらと笑い声も聞こえる。声を聞きつけて、さらに何人かの女が寄ってきた。

「あたしにも、汲んでおくれ」

白い腰を、三樹之助の太股にぽんと当てた者がいる。温かくて、やわらかい感触だ。

「あっ」

体がびくりとして、また汲み上げた柄杓の湯を、半分こぼした。

「うぶなんだねえ。まったく」

腕に手を触れさせる女もいた。桶数杯分の湯を汲むだけで、大汗をかいた。時おり腕だけでなく、肩や腰に触れてくる客がいる。びくりとするのを、喜んでいるのだ。手伝うと口に出した以上、投げ出して逃げるわけにもいかない。道場の稽古よりも懸命に、湯を汲んでいた。すると衣服を着たままの女が、側に立った。

「もういいですよ。代わりましょ」

そう言って、三樹之助が手にしていた柄杓を取り上げた。

お久だった。

「す、済まぬな」

額の汗を、三樹之助は初めて拭った。

お久は、こちらに一瞥をくれただけで、手際よく湯を汲み始めた。からかわれ、手間取っているのを苛立って見ていた。とうとう我慢しきれずに柄杓を取り上げた。三樹之助は、そんなふうに感じた。

善意や好意ではなさそうだ。

礼を言っても、にこりともせずに、用事を片付けようとしているのが何よりの証拠だ。いつものことだが、こちらに腹を立てているらしい。

面白がっていた女客たちが散って行く。

三樹之助はほっとしたが、手伝う以上は、こんなふうに途中で代わってもらっては駄目だと考えた。次に女湯で湯汲みをするときは、動じずにやらなくてはと自省した。

木拾いに行ってきた米吉が戻って、三樹之助は二階の部屋へ上がった。ここでは、五、六人の男客が、将棋を指したり寝転んで雑談をしたりしている。女中のお楽が、茶を運んでいた。

「たいへんだったね。あたし、見てたよ」

おナツがやって来て、慰めてくれた。

「そうか」

「為造さんも米吉さんも、それから五平さんも、助かったって言っていたよ」

お久には嫌われているが、他の人たちは役に立ったと感じてくれているようだ。それならば上出来とはいかぬまでも、まずまずだと自分で納得することにした。

おナツも冬太郎も、懐いてくれている。

世間には気の合わない人、なかなか認めてくれない人などいるが、そればかりではない。夢の湯も同じだと三樹之助は思った。

すると大曽根屋敷で、唯一心を繋げていた一学のことが頭に浮かんだ。

小笠原の企みを知っていたかどうか分からないが、志保との祝言を無理強いしなかった兄である。

「あの人だけは、まともに案じてくれているだろうな」

行く先も告げずに、出奔(しゅっぽん)してしまった。父や母は仕方がないが、兄に対してはそのままにしておくことに心苦しさがあった。

「文(ふみ)を書いておくか」

お楽から、筆と紙を借りた。出奔したことを詫び、湯島切通町の湯屋にいることだけを記して結び文にした。

それを町飛脚(まちびきゃく)に、深川まで届けてもらうように頼んだ。文は必ず一学に手渡してくれと念を押した。

三

賑やかな女客が引き払って、一息つく間もなく、次にばたばたとやって来るのは寺子屋から帰ってきた子どもたちだった。女湯は大人たちと変わらぬおしゃべりが始まり、男湯では顔や手足を墨だらけにした悪童どもが裸で走り回る。友達にちょっかいをかけるのだ。

「騒ぐな。おとなしくせんかい」

温厚な五平が、大きな声を出した。

束の間静かになるが、今度は流し板や湯船で甲高い声を張り上げた。湯が目に入っただの、糠袋が飛んできたなどと次々に事件が起こる。

その賑やかな子どもたちがあらかた引き払った頃、源兵衛が戻ってきた。相変わらず、渋い顔をしている。

「殺されたおれいだが、立ち話をしていた男の正体が、浮かんできませんね」

三樹之助が問いかけると、そういう答えが返ってきた。定町廻り同心の豊岡は、手先も動員して探っているがその男は現れない。

「まあ、もうちっと捜してみるつもりでさあ」

夕方になると、仕事を終えた客で立て込んでくる。源兵衛は二階客の応対をしなければならないので、長話はできなかった。

翌朝はまた雨だった。源兵衛が出かけようとするので、三樹之助も同行するつもりだった。

「いや、今日は法光院のある神楽坂あたりに詳しい手先を連れてめえりやす」

断られてしまった。探索では、三樹之助はただついているだけである。やりやすい配下を連れて行くつもりらしかった。

「留守番だね」

おナツに言われた。

「あそぼう」

冬太郎が、袂を握ってきた。午前中は、姉と一緒に寺子屋へ行く。一人ぼっちは寂しいからついてゆくのだが、本心は手習いなどしたくないのかもしれない。半紙に描かれる墨痕は、何度見ても文字なのか絵なのか分からなかった。

「いや、おれは湯屋の手伝いだ。釜焚きだろうと湯汲みだろうと何でもするぞ」

昨日初めて女湯へ行って、気持ちが怯んだ。不覚だった。男湯でも女湯でも、同じに仕事ができなくてはいけないのだ。自分には、それができなかった。

邪念があったのだと思った。

湯汲みを代わってくれたお久は、あれ以後何も言ってこない。

「それでは三樹之助様には、今日も湯汲みをしていただきましょう」

五平が言った。人手が多くなるのを、喜んでいる様子だ。

「うん。今度は平気だよ。女の裸には、もう慣れたもんね」

おナツは、強引なことを言った。

「そう、慣れた慣れた」

冬太郎は、何でも姉の口真似をする。

三樹之助は下帯一つになって湯汲み番に当たった。朝のうちは、女湯はがらがらだ。たまに客があっても、それは隠居の婆さんばかりだ。

男湯の湯船から、鼻歌の声が響いてくる。

「清盛様は火の病、われらは悋気で気の病」

朝湯の客は遊び人が多いから、喉の調子もいい。湯船は密閉されているし、湯気が立ち込めている。そのせいか声がしっとりとしてよく響く。

四軒向こうの呉服屋の若旦那は、商いはさっぱりだが歌はうまい。

そしていよいよ、昼過ぎになった。女湯が賑やかになってくる。

「勝負だ」

と、三樹之助は腹を決める。今日も、お久に助けてもらうわけにはいかない。自分よりも上手の剣士と、師範の前で稽古試合をするときに似た緊張感があった。

「上がり湯をおくれ」

女湯から声がかかった。三樹之助は柄杓を握り締めたまま、呼び出しを潜って女湯に入った。

桶を差し出す女の顔を見た。色白の三十半ばの痩せた女だった。だが胸と腰には張りのあるふくらみがあった。前を隠すこともなく、湯桶を差し出した。

目の先二尺ほどのところに、熟れた女の裸がある。鬢付け油の香が甘く匂ってきた。桜色の乳首と黒い繊毛まで目に入ってしまった。

どれも美しい。

「おのれっ」

三樹之助は胸の中で呟いて、怯みそうになる気持ちを励ました。そして湯桶を見ることにした。そうすれば、心は動じない。

剣術の試合をするときは相手の全身に注意を払うが、ここでは逆だ。気持ちを湯を汲むという一点だけに集中させるのだ。足と腰に力を入れた。

「よし、入れるぞ」

柄杓に汲んだ湯を、桶に注いでゆく。

「おや、今度は上手だねえ」

一滴もこぼすこともなく、注ぎ終えることができた。

「本当だ、上出来上出来」

「たくましいねえ。この体」

そう言って、また女たちが寄ってきた。からかっている。

腕や腰が触れ合うほどに寄ってくる者もいた。背中に手を当てる女もいる。若い娘はそんなことをしないが、大年増になればこちらの緊張や恥じらいを面白がる。わざとやっているのだ。

「桶だ、桶だけを見るんだ」

気を統一させて、柄杓で掬った湯を桶に流し込む。何を言われても、湯を注ぐことだけに全力を傾ける。

どうにか、流し板にいる全員の湯を汲み終えることができた。

稽古試合で、手強い相手から一本を取ったくらい嬉しかった。

「また明日も、三樹之助さんに汲んでもらおうかね」

そんなことを言った者もいた。

ともかくしまい湯まで、男湯と女湯を行ったり来たりした。いつの間にか、客の多くが三樹之助の名を知っていた。五平かおナツ、あるいは二階のお楽あたりが、漏らしたのかもしれなかった。

夕刻、源兵衛がつまらなそうな顔付きで帰ってきた。その姿を見ただけで、聞かなくとも探索の首尾が知れた。店を閉めた後で、五平が近くの田楽屋（でんがくや）へ連れて行ってくれた。酒とこんがり焦げた味噌田楽を馳走になった。

一日湯汲みをした、褒美（ほうび）らしい。

「あなたのことを、男湯の客たちは夢の湯のお助け人とか呼び始めていますよ」

そんなことを言った。

次の日も、三樹之助は源兵衛の供をしなかった。夢の湯に残って、今度は釜焚きをした。初めは為造についてもらったが、やっているうちにコツが摑めてきた。

「三樹之助さんは、さすがに呑み込みが早いね」

褒めてくれた。

昼過ぎ、釜の前でぼんやりしていると、背後に人の気配があった。振り向くと袴に夏羽織を身につけた侍が立っていた。兄の一学だった。

「どうしているかと案じたが、達者でいるようで何よりだ」

送った文を読んで、訪ねてきたのであった。

「大丈夫だ。父上にも母上にも、伝えてはおらぬからな」

こちらが気にしていることを、向こうが先に口にした。まだ旬日（じゅんじつ）にも満たないことだが、ひどく懐かしく感じた。

「はい。かたじけのうございます。故(ゆえ)あって、この湯屋で起居しております」

斬殺事件に巻き込まれたことは言わなかった。

「酒井家のことだがな」

さっそく一学は気になっていることを口にした。積まれている古材木の上に、並んで腰を下ろした。

「向こうは、縁談を進めるつもりでいる。お半という女が、お前と小笠原正親が酒井屋敷の門前ですれ違ったという話を酒井織部殿にして、それが父上にも伝わった。ふざけた話だな」

「ええ」

「だから正親が絡んでいることで、お前が屋敷を出たのだろうとは、父上も推量をされている。ただな、酒井家では正親のことは知らなかった模様だ。酒井殿は、それとは関わりなく、お前を婿にと望んでおられるということだ」

「どちらにしても、私は屋敷に戻るつもりはありません」

「決心は、固いわけだな」

三樹之助は頷いた。

「そこでだが、父上はお前が出奔したことは、酒井家には伝えておらぬ。弱腰と言ってしまえばそれまでだが、立場上強い態度には出られぬのだ。お前が急の病になったと伝えている」

大曽根左近という旗本はもともとは頑固だが、一気に事を進める男ではなかった。慎重といえば慎重だが、悪く言えば小心だ。力のある者には迎合(げいごう)する。それを恥とも思わないところがあった。世を渡ってゆくすべだと考えているふしがあった。

三樹之助にしてみれば、面倒なことは嫌いだし、日々気持ちよく過ごして生きたいというのが本音だった。ただ美乃里の無念を見ない振りをすることだけは、何があってもできなかった。

「だがな、もうあれから六日がたつ」

そこで一学は、ふうと息を一つ吐いた。そして薪や古材木に囲まれた釜場の様子を、物珍しそうに見回した。釜の中では、赤々と炎が渦巻いている。

「何か、言ってきたのですか」

黙っているとは思えなかった。こちらの事情で動く相手ではないだろう。

「それがだ。何も言ってこない」

「何もですか」

「うむ。ご快癒を祈るという口上と見舞いの品が届いたが、それだけだ。快癒のおりには、志保どのの琴をお聞かせしたいとのことだった」

「琴ですと。まさか」

酒井屋敷の東屋で言葉を交わしたときの、志保とお半の顔を思い出した。信じがたい一学の言葉だった。

「よいか。酒井家は、一応こちらの言葉をそのままに受け入れた形になっている。二千石の大身がだぞ。役高は三千石だ。それが七百石の我が家を相手にだ。小笠原がどういう動きをしているか知らぬが、これはあくまでも酒井家の考えだ」

「兄上は、ご存じだったのですか。小笠原が絡んでいたことを」

「知るわけがない。存じていたら、お前に知らせている。私と父上は考え方が同じではない」

父上や母上、話を持ってきた叔父の長谷川は、どうであれ自分を捜しているに違いなかった。

「しかしな、ああみえてもお父上はな、なかなかにしぶといお方だ。のらりくらりと、向こうの動きを凌いでゆくのではないかな」

「そうだと助かりますが」

　実家がどうなってもよいとは、三樹之助は考えていなかった。

　釜の中に、古材木を投げ入れた。ぱっと、火の粉があたりに散った。

「そうそう、それからな」

　一学は、思い出したように言った。

「志保どのは、二十八日の川開きの花火を見たいと言っているそうだ。父上は、その日は酒井様と共にお招きしたいと願っているが、お前がいなくてはそれもできぬ」

「はあ」

「あの志保どのはな、ずいぶんと市井のことに関心がおありらしい」

　ちらと一学は口元に笑みを浮かべた。そして続けた。

「お忍びで、花火見物をしたいと考えているようだ」

「そうですか」

　志保ならば、口に出したことは、必ず実行するだろうと推察が出来た。

　可愛いじゃじゃ馬ならば救いようもある。だが美しいだけの酷薄な女では、三樹之助にしてみれば、背筋に悪寒が走るばかりだ。

「まあ、時がかかるやもしれぬが、酒井のことは何とかなるだろう。それまでのことだ」

言い残すと、一学は去っていった。

「あの人、だあれ」

一学の姿が見えなくなると、おナツと冬太郎が姿を現した。物陰に隠れて、こちらの様子を窺っていたらしい。

「兄上だ」

「ふーん。立派なお侍さんだね」

「そうか」

褒められると、相手が子どもでも嬉しかった。学問好きの俊才で自分とは出来が違う、自慢の兄である。

「あの人も、両国の花火に行くんだね。そんな話をしていたじゃないか」

子どもたちには、話の詳細は理解できなかったはずである。だが花火という言葉だけは、冬太郎も聞き取ったらしかった。目を輝かせている。

「いや、行くのは兄上ではなく、他の知り合いだ」

そう言ってから、はっと気がついた。三樹之助は、おナツと冬太郎を川開きに連れて行く約束をしていたのだった。

「その人も、楽しみにしているんだね。おいらたちと同じように」

「あたりまえだよ。花火は他の日にも揚がるけど、川開きのが一番だからね。その人と、向こうで会うかもしれないね」

うふふとおナツは笑っている。

「そうだね。みんなで楽しく見られるね」

ぽんぽんと跳びはねる冬太郎。ぞっとした顔をしているのは、三樹之助だけだった。

「両国の花火に行くのをやめよう」

そういう言葉が、喉元にまで出かかった。だが子どもたちの顔を見ていると、言えなかった。口に出してしまえば、冬太郎はぐずるかもしれないが、おナツは不満を顔に出さないだろうと思った。

また大人に裏切られたと考えて、あきらめるのである。

でもそれは……、させたくなかった。

両国橋の橋上や両袂は、たいそうな混雑をするという。たった一人か二人の人間に会うかどうかはわからない。そのために二人の子どもとした約束を破り、がっかりさせることは不本意だった。

「そうだな。せっかく行くんだから、楽しんでこないとな」

おナツと冬太郎の顔を交互に見ながら、三樹之助は言った。

四

源兵衛が洗う法光院の住職托泉も、豊岡が探るおれいの暮らしぶりも、具体的な何かが現れることはまだなかった。

托泉はおれいを抱いていると思われるが、番頭以外の証言がない。僧侶でなければ大番屋へ連れ込んで、痛い目に遭わせてでも白状させるところだと源兵衛は言うが、それはできないことだった。またおれいに関わったという荒んだ気配の男も、芝口新町の実家や讃岐屋のある金六町を洗う限りでは浮かび上がっていなかった。

昨日一学がやって来て、三樹之助は大曽根家の様子を聞いた。今のところなりを潜めている状況らしいが、志保が両国の川開きの花火にやって来るという話は、驚きだった。ついついそのことが頭に浮かんできた。

会うはずなどないと頭では考えるが、気にはなるのである。

日を追うにつれて、夢の湯の板の間や二階、湯船などでは、花火の話題が多くなっていた。どんな花火が揚がるのかと、あれこれ話し合っているのだ。

「おいらもね、ねえちゃんといっしょに花火を見に行くんだよ。三樹之助さまに連れて仕方がないのだ。

花火の話題を聞きつけると、冬太郎は必ず側へ行ってそう口出しをする。言いたくて仕方がないのだ。

「そうか。坊、よかったな」

青洟を啜り、顔をくしゃくしゃにして笑いながら頷く。

連れて行けないなどとは、もう死んでも言えなかった。

久しぶりに空は晴れている。釜場や湯汲みの手伝いは抜けさせてもらって、三樹之助は一人で夢の湯を出た。向かった先は、京橋金六町だった。

讃岐屋の様子を見に行ったのである。

三樹之助は遺体が運ばれた日に、亭主の又七の顔を見ている。女房の死を心底悲しんでいた。他の男に抱かれたその帰り道のことなのにである。

怒りや恨みは、感じられなかった。そのことが、頭の隅にこびりついている。

何故か……。

普通なら、悲しみがあったにしても恨むのではないか。あるいは怒りが湧くはずである。幼子をあやしていた姑は、不実をなした嫁に対して、あからさまに腹を立てていた。

店の前を、小僧が箒を持って掃除をしていた。客の姿はなくて、又七の姿も窺えなかった。外回りの番頭がいるはずだが、すでに出かけた後らしい。

三樹之助は今日一日、腰をすえて店の見張りをしようと考えていた。又七が出てきたら、つけてみるつもりである。

源兵衛は辛抱強い聞き込みをする。探索とは我慢をすることだと、少し分かってきた。

前の広い通りには人や荷車、駕籠などがひっきりなしに往来している。芝口橋の袂には、いくつもの露店が出ていた。瀬戸物(せともの)や古着、笊(ざる)や金魚などの売り声が響いている。雨の日が多いから、店の親仁は久しぶりの稼ぎ時と張り切っているのかもしれなかった。

その大通り、讃岐屋の斜め前あたりに飴売りの姿が見えた。団子鼻をした三十半ばの猫背の男である。三樹之助が立っているところから五、六間離れた場所だった。

「はて」

初めはどうとも思わなかったが、その飴売りがちらちらと讃岐屋へ目をやっているのに気がついた。子どもが飴を買いに来れば愛想笑いをするが、いなくなればすぐに目は讃岐屋を捉える。豊岡が見張りをさせている手先なのかもしれなかった。

明確な手掛かりが摑めない以上、考えることは同じらしかった。

おれい殺しの事情について、少しでも思いあたるふしがあれば、そろそろ又七は動く。その目論見（もくろみ）は、外れてはいないだろう。

二人連れの母娘らしい女が店に入った。十五、六の娘の櫛を選び始めた。応対には又七が現れた。手馴れた小間物屋の主人といった気配で、あれこれ品を勧めている。何か冗談でも言ったのか、母娘がおかしそうに笑った。傍から見ている限り、どこにでもある小間物屋の風景である。

買い物を済ませた母娘が帰ると、又七は店の奥に引っ込んだ。代わりに小僧が出てきて、店先に座った。

おりおり客がやってくる。大繁盛とはいえないが、閑古鳥（かんこどり）の鳴く店ではなかった。芝口橋に隣接した、繁華な大通りに面していた。切れ目なく人が行き過ぎる。お陰で三樹之助が天水桶の陰に立っていても、不審に思われる気配はなかった。

昼を過ぎても、又七の動く様子はなかった。通りかかった二八そばの屋台店を止めて、かけ蕎麦を啜った。食い終えてからも、じっと讃岐屋を見張った。

じっとしていることに慣れていない三樹之助には、辛抱だと分かっていても、半刻一刻と過ぎるのが、とてつもなく長く感じた。

ようやく、西空に傾いてきた日が黄色く色づき始めたとき、店先に又七が現れた。草履を突っかけると店から外へ出た。「行ってらっしゃいませ」と小僧が声をかけた。

通りに出た又七は、一わたり周囲を見回した。そして芝口橋の方向に向かって歩き始めた。もちろんついていこうとする三樹之助だが、れいの猫背の飴売りも歩き始めた。又七との間を歩いてゆく形だ。やはり豊岡の配下に違いない。

又七は人混みを避けて歩いてゆく。

足早だ。飴売りも、その歩調に合わせていた。

橋袂へ来た。そこで立ち止まった又七が、そのまま橋下にある船着場へ降りた。舟に乗ろうというのか、飴売りも慌てて下りてゆく。船着場への出入りは案外に多い。老人の夫婦者から、行商人らしい男、武家や神官の姿もあった。

三樹之助は、橋を渡って対岸に回った。そちらにも船着場がある。下りてゆくと、又七が空き舟の来るのを待っているのが見えた。待っている先客があるので、なかなか乗れないようだ。いや、譲っているかにも見える。

飴売りも、舟を待つ行列に入っていた。

とそのとき、一艘だけ空の猪牙舟がやって来た。他には空き舟はない。又七はそれを確かめると乗り込んだ。乗り込むと同時に、舟は滑り出した。

飴売りが乗ろうにも、舟はどこにもなかった。又七は、そうなるのを待っていたらしかった。見張られていることに、気付いていたのだ。

幸い三樹之助は、対岸の船着場にいた。空の猪牙舟があった。

「あの舟を、つけてくれ」

舟は汐留川を東に向かった。

又七の舟は、勢いを緩めることもなく、水面を分けて進み江戸の海に出た。そして岸際を北へ向かって進んでゆく。西日の朱色が徐々に濃くなり、波に揺れて反射している。

鉄砲洲や霊岸島を左に見て、舟はそのまま大川に進んだ。永代橋を潜っても、勢いが収まる気配はなかった。

右手に広大な御舟蔵が夕日に染まって見える。三樹之助にとっては、毎日のように見てきた建物だった。その向こうに大曽根屋敷がある。どうなっているかと、やはり考えた。

新大橋を過ぎ、両国橋も通り抜けた。

そしてようやく勢いが緩んで、神田川の流れの中に入った。舟は、二つ目の橋の下で止まった。浅草橋御門下の船着場である。

駄賃を払った又七は、陸に上がった。

広い蔵前通りに出た。

躊躇うことのない足取りで、歩いてゆく。三樹之助もこれをつけてゆく。

蔵前通りから、左手の道に入った。少し歩いてから福井町の町並みに入った。歩みが緩くなった。

又七は百坪ほどの敷地に建つ、瀟洒な一軒家の前で立ち止まった。塀の向こうには、見越しの松が植えられている。妾宅と取れないこともない雰囲気があった。

ふうと一つ息を吐いてから、又七は潜り戸を押した。閂はかかっていなかった様子ですっと開き、その中へ姿を隠した。

屋号のついた前掛けをかけた酒屋の小僧が通りかかった。三樹之助は問いかけた。

「ここは、いったい誰の住まいなのか」

「さあ」

小僧は知らなかった。そこで近所の荒物屋へ入った。痩せた爺さんが店番をしていた。店の中は、もうかなり薄暗い。

「あれは、多喜蔵という人の住まいですよ」

店番の爺さんが教えてくれた。そろそろ五十になる年頃で、娘ほどの歳の女房と暮らしているそうな。

「生業は何だ」

「それはね」

一度区切ってから、爺さんは続けた。

「金を貸していなさるんですよ」

声が小さくなった。秘事を明かすといった口ぶりだった。

「高利貸しだな」

三樹之助が言うと、爺さんは口先でにやっと笑った。

「町内の人は、あまり借りませんね。後が怖いのが分かっていますから」

「腕利きの用心棒がいるんだな」

「豪山靭之丞様というお方です。そりゃあもう凄腕で、このあたりじゃ立ち向かうことが出来るお武家様はいないだろうという噂ですね」

実際に刀を抜いた姿を見たわけではない。だが歩いている姿を見れば、噂は本当だと感じるとか。

又七は、厄介なところから金を借りているらしかった。

五

「ここだ」

　三樹之助が、多喜蔵の家を顎で示した。

　屋根瓦が朝日を撥ね返す。その輝きとじゃれるように、数羽の目白が囀りを上げながら飛び跳ねていた。昨日今日と、珍しく二日続きの晴天だ。小鳥も喜んでいるのかもしれなかった。

「なるほど。人を困らせ、泣かせて稼いだ金で建てた家ってえことですね」

　総檜造りの木戸門はまだ新しい。見越しの松と、その向こうの瀟洒な建物に眼をやりながら源兵衛は言った。

　昨日三樹之助は、又七をつけて浅草福井町にあるこの屋敷へやって来た。周辺を聴き歩いて、多喜蔵が質の悪い高利貸しだと知った。豪山という腕利きの用心棒もいる。豪山はかっとなると、後先が見えなくなる狂犬のようなところがあると言った者がいた。

　ともあれ、話を聞いておこうと二人でやって来たのであった。

木戸は押しても開かなかったが、潜り戸には今日も閂がかかっていなかった。入口で訪いを入れると、二十歳前後の遊び人ふうの身なりをした男が出てきた。

「へい。どのようなご用件で」

はきはきとした物言いをしたが、岡っ引きと武家の訪問で、目に警戒の色が浮かんでいた。

「多喜蔵さんから、讃岐屋又七さんについて話を聞かせてもらいてえ」

源兵衛が伝えると、若い男は奥へ引っ込んだ。そして煙草を一服吸うほどの間、待たされた。

荒っぽい足音が廊下に響いた。絽の夏羽織を着た五十前後の恰幅のよい男と、長身の三樹之助よりもやや低いが、上背のある三十後半とおぼしい侍が現れた。侍は右手に刀を持っていた。

三樹之助を見た目が、瞬間瞬いた。

「私が、この家の主多喜蔵です」

そう言って夏羽織の男は、どんと腰を下ろした。上がれとは言わなかった。その後ろに侍が座った。名乗らない。

どこから見ても浪人者だが、身なりは粗末ではなかった。身ごなしに一分の隙もない。

「こちらが豪山靭之丞様ですかい」

源兵衛が確認すると、そうだと多喜蔵が応えた。舐めた態度は取らなかったが、何用だとこちらの様子を探っている。

「京橋金六町の讃岐屋又七に、金を貸しているはずだ。そのことについて、話を聞かしてもらいてえ」

源兵衛は、上がり框に腰を下ろして言った。三樹之助は三和土に立ったままだ。

「ええ、ご用立てしていますよ。少しばっかり」

「少しじゃねえだろう。これは殺しに関わる聞き込みだ。いい加減なことを言うと、お奉行所へ来て話してもらうことになるぞ」

これは脅しではない。岡っ引きは手札を与えられている同心を通して、奉行所へ召喚することが出来た。呼ばれる方は、手間暇かかって得なことは一つもない。たっぷり一日潰され、痛くもない腹を探られる。そこで加害者でなければ、さっさと喋って召喚されないようにするか、袖の下を贈るか、どちらかを取ることになる。

まして高利貸しの多喜蔵ならば、叩けばいくらでも埃が出るだろう。

「六十五両ほどです。半年ほど前にご用立てしました。ちゃんと証文も取り交わしています」

「利息の支払いや、返済のほうはどうなっているのだ」

高利貸しから金を借りたならば、利息が利息を生んで、元金は雪だるまのように増えてゆくはずだ。それくらいのことは、三樹之助にも想像がつく。

「利息は月五分の複利です。月々の当初返済額は、三両一分でした。毎月きっちりとご返済いただいていますよ。もっとも折々元金も戻していただいていますから、利息の額も、今ではだいぶ減っています」

「まだ返していない元金は、どれくらいだ」

「四十五両です」

「利息を払った上に、元金も二十両返済したわけだな。誰が返しているのか」

「もちろん、ご主人の又七さんです。昨日も、お見えになりましたな。でもおかみさんが払ってくださることもありましたね」

「そのおかみだがな、八日前の夜に、池之端で斬られた。持っていた金一両二分を奪われてな。そのことで、何か思い当たることはないか」

「さあ、どうでございましょうかな」

豪山の顔には変化が起きなかったが、多喜蔵は驚いたという顔をした。殺されたことを、知らなかった顔付きである。そして頭を捻ったが、結局ないと答えた。

「八日前の夜は、何をしていたかね。豪山の旦那も含めて」

慎重な眼差しで、源兵衛は問いかけた。

「さあ、どうでしょうか。八日前ですと、五月十九日ということになりますな」

多喜蔵はそう言って、豪山に振り返った。

「覚えてはおらぬな。そのような昔のことは」

豪山は表情を変えずに応じた。初めて声を聞いた。

三樹之助は、あの夜に池之端で対峙した覆面の声を、頭の中で思い起こした。豪山のものと、似ているかどうか。

くぐもった声だった。似ているとも、似ていないともいえなかった。交わした言葉は、ごく少なかった。

「はい。私もすぐには思い出せませぬな」

狡そうな目で、多喜蔵も答えた。確かに八日前の出来事を、すぐに思い出すことは難しい。

「では讃岐屋が六十五両もの金を借りたわけはなんだ。外見からは、金に困っているとは見えねえが」

「そういうことは、いっさい存じません。伺いもしません。こちらはご用立てした金子に、利を載せて返してもらえばよいわけですから」

又七に金を貸したのは、今回が初めてで、向こうから金を貸してほしいと訪ねてきたという。半年の付き合いになるが、貸し金に関する話をするだけで、それ以外の話はいっさいしなかったと多喜蔵は言った。

四半刻足らずいて、源兵衛と三樹之助は高利貸しの家を出た。

「豪山という用心棒だが」

蔵前通りに向かって歩きながら、三樹之助は言った。話を聞いていた間中、ずっと考えていたことである。

「おれいを斬った、黒頭巾の侍に似ているというわけですかい」

源兵衛はこちらが言う前に、じろりと三樹之助に目を向けた。

「そうだ。あの体付きと隙のない身ごなし。声も、似ていた気がする」

「でもねえ、旦那。それだけじゃあ、どうにもなりやせんぜ」

あっさりと言われた。源兵衛の足取りは変わらない。

「あれくらいの背丈はいくらでもいやすぜ。声だって、そんな気がするだけでは、どうにもなりやしませんよ。ただ探ってみる価値はありやすから、手先に探らせてみますがね」

浅草橋御門に出て、橋下にある船着場から、猪牙舟に乗った。

「芝口橋へやってくれ」

源兵衛が船頭に命じた。今度は讃岐屋へ行くつもりだ。

舟は強い日差しの中を漕ぎ出してゆく。大川に出ると、広い川面全体が光に輝いて眩しかった。

両国橋を中心に、両河岸共に広場や空き地に葦簀の建物が新たに建てられている。土手には、筵を敷いて座り込んでいる人の姿も見かけられた。

そして水上では、いつもよりも多くの屋形船が、杭に止められていた。半纏姿の若い衆が、何かを船上に運びこんでいる。何やら話して、笑っている声が風に乗って聞こえてきた。

「明日の用意をしているわけだな」

三樹之助は呟いた。深川育ちの身の上だから、この光景は毎年のように見てきた。人々は花火見物の準備をしているのである。

今朝も目を覚ますと、枕元に冬太郎がいた。もちろんおナツもだ。

「大丈夫だよね。明日は」

念を押しに来たのである。

「あたり前だ」

そう言うと、わあっと叫んで段梯子を駆け下りていった。

猪牙舟が芝口橋下の船着場へ着いた。どんと船首が前に止まっている舟にぶつかった。

讃岐屋のある表通りには、昨日の飴売りの姿は見られなかった。しかしあきらめたとは思えないから、他の身なりの者が見張っているはずだった。

又七は昨日、見張られており、つけてくる者がいることを知って船着場でまいた。高利貸しを訪ねることを、知られたくなかったということである。

店先には、稽古事の帰りか、風呂敷包みを抱えた三人連れの娘があれこれ品選びをしていた。相手をしているのは又七である。

源兵衛と三樹之助は、客が帰るのを待って又七に話しかけた。通された場所は、おれいの位牌(いはい)のある仏間である。線香のにおいが薄く漂っていた。

「又七さん、あんた多喜蔵から六十五両の金を借りていたそうだね。なかなかの大金じゃねえか。そのことは豊岡の旦那にもおれにも、一切話さなかったな。どういう了見だ、いってえ」

源兵衛は、いつもよりも強い口調で言った。又七は話の途中から顔色が変わっていた。

「も、申し訳ございません。借金があるというのは、お店の恥になることですから、つい。商いにも障りそうでして」

頭を下げた。肩が落ちている。体が一回り小さくなったと感じた。

「どうして、そんな金を借りたんだ。商いに窮しているとは見えねえが」

「芝金杉通り（かなすぎどお）の米屋に、私の幼馴染み（おさなな じ）が婿に入っておりました。一年ほど前に、その男から借り金百十両の保証人になってくれと頼まれました。何度も断ったのですが」

「押し切られたんだな」

「古い付き合いでしたし、その米屋も老舗でした」

ところがその幼馴染みは、米相場に失敗して店が傾いていたことを黙っていた。保証人になった三月後に、米屋一家は夜逃げをしてしまった。

手元にあった金は四十五両で六十五両が足りなかった。親類筋へ行けば、あるいは貸してくれたかもしれなかったが、頼まなかった。もちろん親しく付き合っていた近隣の商家へも行かなかった。

「なぜだ。なぜ行かないで、多喜蔵のところへなど行ったんだ。あいつは高利貸しだぜ」

「へい。承知していましたが、親類や近隣の家には行きませんでした。ご近所には、私が保証人になって金に困っているなどと見られるのが嫌だったからでございます。人がよいと舐められます。それに親類筋は……」

そこで言いよどんだ。

「はっきり、言ってもらおう。そのことだって、あんたのかみさんを殺した下手人に繋がるかもしれねえんだからな」

ドスの利いた口ぶりだった。又七の目に、涙が浮かんだ。

「おれいは裏通りの娘で、祝言を挙げるには親戚中の反対がありました。私はそれを押し切って貰いましたが、そのときに条件をつけました。どんなに困っても、親類には一切迷惑をかけない。私とおれいの二人だけで、商いをやり遂げて見せると、そういうことでした」

「返せると考えたわけだな」

「はい。時はかかりますが、何とかなると思いました。ですから誰にも申しませんでした。おふくろにもです。知っていたのは私とおれい、それに番頭だけです」

「なるほど。それならばいくら近所を聞き歩いても、話が出ねえはずだな」

「はい。利息の支払いは、いつも福井町まで、こちらから出向いていました。多喜蔵さんのところから店へ来られると、ばれてしまいますから」

「するとおれいが会っていたという荒んだ気配の男とは、多喜蔵の配下ではないのだな」

三樹之助が、思い当たったことを口にした。

「誰がそんな話を」

「その方の母親から聞いたのだ」

又七は頷いた。

「分かりません。あるいは私の留守に、多喜蔵さんの配下が来たかもしれません」

「なぜ、そう考えるんだ」

「私が返していない元金の一部を、おれいが返していたからです」

又七は目に涙を溜めた。

「借金は、四十五両に減っていた。二十両返したわけだが、あんたはいくら返したんだ」

「私は、七両です」

「ならばおれいは、十三両返したということだな」

男に抱かれて得た金は、借金の元金返済や利息の返済に使われた。だがそうなると計算が合わないと、三樹之助は感じた。

おれいは、二、三ヶ月前から月に五、六度あの出合茶屋を利用していた。その度ごとに一両二分を受け取っていたのならば、しめて三十両くらいになっているはずである。

なのにそのすべてを返金に回していない。残りの金はどこへ行ったのか。

やはりおれいは、金を借金返済以外に遣っていたということなのか。そして荒んだ男と歩いている姿を目撃されたが、いったいどういういわれの男なのか。

又七の話だけでは、いっこうに解決の糸口が見つからなかった。あるいはまだ他に、隠し事でもあるのだろうか。

六

五平が暖簾を外へ出すと、待っていた朝湯の客がどっと入ってきた。いつもよりも倍以上の人数だ。いつもならばガラガラな女湯も、六、七人が入ってきた。

「今日ばっかりは、稼ぎになんざ行っちゃいられねえよ」

日雇い大工の三十男は、子どもを連れてやってきた。花火見物のために仕事を休んだのである。六、七歳の子どもは「どおんしゅるしゅる」と叫んで、両手を広げ打ち上がる様子を手で真似ている。父子ともども、興奮気味だ。

しかし上っ調子になっているのは、その二人だけではなかった。朝湯の客といえば、普段は隠居か遊び人、朝帰りの者と相場が決まっているが、今日ばかりは雑多な客で溢(あふ)れている。振り売りや人足、職人、小店の主人、大店でも今日一日店を休むというところがあった。

天候が危ぶまれたが、今日も空は晴れていた。

「今のうちに土手まで行ってよ、場所取りをするんだ」

まだ夜が明けたばかりである。けれどもそういえば、昨日から土手では筵を敷いて座り込んでいる、せっかちな若い衆もいた。板の間や湯船などで交わされる話題は、花火一色である。

「たまやっー」

まだ始まっていないのに、叫んでいる者さえいた。

最初の客が帰っても、次から次へとやって来る。いつもならば、夕刻に来る客たちだ。子どもの姿も多い。寺子屋は、休みにしたところもあった。

源兵衛も三樹之助も探索に出かけるつもりだったが、それどころではなかった。

「せめて今日ぐらいは、ふらふらしないでくださいよ。しっかり用を足してもらいますからね」

お久が源兵衛を睨みつけた。事実、猫の手も借りたいありさまだった。

冬太郎は起きたときから、「どおんしゅるしゅる」を踊っている。おナツは、朝飯の片づけを自ら進んでやっていた。

三樹之助は湯汲みを手伝った。混んでくると、男湯と女湯と両方に必要になる。釜焚きも忙しい。どんどん火を焚かなくてはならないのだ。飛び切りの熱湯にするのである。そうすると、客の回転が速くなる。上がり湯もどんどん必要になった。

三樹之助は、女湯を受け持った。男湯の方が混んでいるから、そちらは手馴れた米吉がふさわしい。

「少しずつ、慣れていくねえ」

そう声をかけてくれる客はいたが、先日のように体を押し付けたりして、からかってくる者はいなかった。さっさと体を洗って出てゆく。

「煮しめの鍋を、かけたままだからね」

「あたしは、厚焼きの玉子を焼いてきた」

玉子は値の張る高級品だから、ちょいちょいは食べられない。奮発したのだ。花火見物に持って行くのだろう。

夢の湯へ来る客たちは、屋形船を雇い、仕出しの料理を取って花火を楽しむといった層ではなかった。もちろん川端にある船宿の一室で、のんびり見物するわけでもない。

土手に筵を敷いたり、両国橋の上や東西の橋袂の広場で立ち見をしたりする。三樹之助もおナツや冬太郎を連れて行くと言っているが、後の方の口である。

「早く出かけたほうがいいね。場所がなくなるよ」

気が気でないらしい冬太郎が、昼飯を食っているときに側へ寄ってきて言った。

「慌てない、慌てない」

おナツがなだめている。自分だって早く出たいのだが、三樹之助が出られる状態ではないのは、湯屋の混雑を見ていれば分かることだ。昼飯も、交替でなければ食えないのである。

「本当に子どもたちを、連れて行ってくれるんですか」

昼飯を食い終えそうになったとき、お久がやって来た。生真面目な顔をして、尋ねてきた。

「もちろんだ。客が一息ついたら、出かけるつもりだ」

お久と話すと、いつも叱られている気になる。ついつい身構えてしまう三樹之助だった。

「分かりました」

一つ頷いて、また流し板へ戻って行った。濡れるから、着物の裾を捲り上げている。白い脹脛が見えた。

混んでいた夢の湯だったが、八つ半（午後三時）を過ぎるあたりから、徐々に空いてきた。七つ（午後四時）になる頃には、腰の曲がった爺さんや婆さん、赤子を抱いた若い母親といった数名の客がいるばかりになった。

「よし。それでは行くぞ」

三樹之助が言うと、待ちくたびれた子どもたちは小躍りした。下帯一つだった三樹之助が、着物を着る間も待ち遠しいといった感じだった。

「ちょっと、待ってください」

三人で出かけようとすると、お久に呼び止められた。

何だ、また文句を言われるのかと思ったが、そうではなかった。四角い風呂敷包みを手渡してよこした。

「向こうで、食べてください」

風呂敷を解いてみると、お重である。一段目には握り飯。そして二段目には、煮しめやきんぴら、紅白のかまぼこ、伊達巻(だてまき)にきんとんが詰められていた。

「やったあ」

おナツと冬太郎が喚声を上げた。それに五合徳利の酒も添えられていた。

「………」

お久の子どもに対する思いと、自分への礼の気持ちだと分かった。何と応えたらよいのか分からなかった。

「気をつけて行っておいで。三樹之助様にご迷惑をかけないようにね」

初めて名を呼ばれた。だがお久は、こちらに微笑(ほほえ)みかけたわけではなかった。

「行ってくるよ」

考えている間もなく、冬太郎に手を引かれた。強い力だ。茣蓙(ござ)を一枚持って、三人は夢の湯を出た。三樹之助は刀を差していない。髷も武家髷(ぶけまげ)なので、手拭いを頭から被って顎で結んだ。

「行ってらっしゃい」

五平とお楽が、笑顔で見送ってくれた。

外はまだ明るい。ようやく西空に日が傾いて、黄色味を帯びてきたところだった。

神田川の河岸道に出て、東へ向かう。三樹之助たちと同じように、藁筵を抱え、弁当を持って大川を目指す親子連れやお店者の一行、恋仲の二人といった人たちが歩いていた。

「急ごう、場所がなくなっちまうよ」

冬太郎が急かした。小さな手が、汗ばんでいる。

両国橋西袂の広小路は、屋台店も出てすでに立錐の余地もないほど人でいっぱいだった。特等席の橋の上など、とても近づけるものではなかった。

話し声や笑い声、物売りの声があたりに満ちていた。これに蒸かし芋や田楽を焼くにおいが流れてくる。

「すごい人だね」

おナツが気圧された顔で言った。三樹之助の帯を、ぎゅっと握っている。冬太郎も袂を握っていた。

「少し、離れることにしよう」

橋から川下へ、人を避けながら歩いた。歩くだけでも難渋した。すでに筵を敷ける場所など、橋に近いあたりには少しもなかった。

すでに重箱を広げ、酒を酌み交わして宴会を始めている人たちもいた。水上には、続々と屋形船が集まってきている。この屋形船に食い物を売りつける小ぶりなうろうろ舟が、蠅(はえ)のように寄っていった。

「少し遠いがな、ここにしよう」

ようやく半畳ほどの隙間を見つけて、三樹之助は藁筵を敷いた。膝をくっつけ三人で座った。おナツも冬太郎も、ようやく場所を確保できてほっとした様子だった。これだけで、冬太郎はすでに疲れている。

川面や土手は、次第に暗くなってゆく。三人はお久が持たせてくれた重箱を広げた。

「おいしいね」

「うん。こんなご馳走は正月しか食べられないね」

冬太郎は食い物を見て、元気を快復した。まず伊達巻に手を出した。

次男坊とはいえ、家禄七百石の旗本家に育った三樹之助だから、伊達巻もきんとんも珍しいご馳走というほどではなかった。けれども市井の子にとっては、飛び切りの食い物なのかもしれなかった。

三樹之助は、酒徳利をそのまま口に当てて飲んだ。

「おやっ」

思いがけず上物の酒だった。灘の下り物である。

食事をしている間にも、見物客はさらに増えてきた。三人が座った場所でさえ、もう身動きも出来ないほどの混雑になっていた。少しでも隙間があると、後から来た者が筵を広げるからだ。

「さあ、じっくり見物するんだぜ。冥土の土産によ」

腰の曲がった婆さんを、四十年配の男が背負ってきた。どちらも粗末な身なりをしている。小さな隙間に座り込んだ。そして懐から弁当を取り出した。

一世一代の親孝行なのかもしれなかった。

重箱も空になり、酒もほどよく体に染み渡った頃、ついに日が落ちた。暗闇の中で、今しも揚がる花火を、皆心待ちにしていた。提灯の明かりを灯す者など一人もいない。

「おい、揚がるぞ」

誰かが叫んだ。あたりが一瞬静かになった。ひゅうっという音を伴って、火の玉が空へ舞い上がった。闇の中天でぱっと弾けて、大輪の花が咲いた。

「たまやー」

いっせいにどよめきが湧いて、掛け声がかけられた。三樹之助の耳に、冬太郎のごくりと生唾を呑み込む音が聞こえた。

冬太郎は、体をぴったりと寄せてきている。

花火は一呼吸する間にも、消えてしまう。だが続けて何発も打ち上げられた。

「かぎやー」

そのたび、ため息と一緒に賛嘆の声がおこる。

「なんまいだぶ、なんまいだぶ」

息子に連れてこられたらしい腰の曲がった婆さんは、一つ花火が終わるたびに、両手を合わせた。亡くなった爺さんに、目の当たりにしたことを伝えているのだろうか。

どれほどの時がたったのか、三樹之助には分からない。花火は何十発も揚がったが、どれも瞬く間のことである。

肩にしがみついた冬太郎は身じろぎもせず、膝に体を乗せたおナツは花火が揚がるたびにびくりと体をふるわせた。そしてようやく、揚げられる花火の間隔が遠くなった。

こうなると、花火も終了である。

三樹之助は大曽根屋敷から毎年眺めていたから、よく分かる。だがおナツも冬太郎も帰ろうとはしなかった。

そのときである、背後から何者かに見詰められている感覚があった。何だろうと振り返って、はっとした。兄一学の言葉が、蘇(よみがえ)ったからである。

志保も、お忍びで花火見物にやって来る。

「まさか」

目を凝らして、周囲を見回した。だが周囲は闇である。花火が揚がった瞬間だけ、光は人の姿を照らす。それでは人を見分けることなど出来なかった。

しばらくして、冬太郎がこっくりし始めた。朝から興奮していた。念願の花火を見て、疲れがどっと出たのかもしれなかった。

「よし、帰ろう」

そう言うと、おナツが頷いた。

冬太郎を背負い、片手に重箱と酒徳利を持った。目もうつろなおナツには、不憫だったが筵を持ってもらった。そうやって、湯島まで帰った。

冬太郎が、頭を肩にもたせ掛けてくる。寝息が耳たぶにかかってきた。花火の夢を見ているのだろうか。それだったら、やって来たかいがあったと三樹之助は思った。

七

「いやいや、ほんに目の保養が出来ました」

「まったくですな。あの『青龍流星十二提灯（せいりゅうりゅうせいじゅうにちょうちん）』の仕掛けは見事でしたな。あれが今年の新しい趣向でしたな」

　湯船から上がった隠居二人が、流し板で体を洗いながら昨夜の花火見物の話をしていた。『青龍流星十二提灯』という花火がどれだったかは、三樹之助には分からない。だが誰もが楽しめたことは明らかである。

　五月になって、じめじめとした梅雨空が続いていた。うっとうしい思いをしてきたが、昨夜ですっかり気持ちが晴れた気がしているのだ。

「おいらもね、おいらも見に行ったんだよ」

　冬太郎は客が昨夜の話を始めると、そこへ首を突っ込んで話をした。「どおんしゅるしゅる」の舞いも、だいぶ磨きがかかってきた。

　今日はおナツも一緒になって踊っている。

　夜遅く湯島に帰りついたときには、さすがに疲れた顔をしていたが、待っていたお久の顔を見ると、見てきた花火の話を声高にしていた。ませているように見えても、おナツはまだ八歳の女の子である。

「お世話になりました」

お久は、寝込んでいる冬太郎を受け取ると、三樹之助に礼を言った。眼差しに感謝の気持ちが浮かんでいたが、重箱を返したときには、そっけなく受け取った。

「旨かった」

そう言ったときも、頷いただけだった。

今日の探索は、豊岡に同道するということで、源兵衛は一人で夢の湯から出かけて行った。三樹之助は昼まで湯汲み番をした。昨日は男湯も女湯も朝から混雑したが、今日はもう、いつもと変わらない客の入りだった。

おナツも冬太郎も、寺子屋へ出かけた。

花火の話も、時が過ぎるにつれて少なくなった。熱しやすくて冷めやすいのは、江戸っ子気質（かたぎ）の一つである。

話題は早くも、次にある富士講（ふじこう）や大伝馬町（おおでんまちょう）の天王祭（てんのうまつり）に移っている。

午後になって三樹之助は、古材拾いに出かけた為造の代わりに釜焚きをやった。

「済まねえですね。でも三樹之助様がいると、おおいに助かりますぜ」

為造はそう言って、荷車を引いていった。頼りにされるのは、嬉しいことである。これまでは団野道場だけだったが、世界が一つ広がった気がした。

もっとも団野道場へは、しばらく足を向けられない。それだけは物足りなかった。

薪はただくべればよい、というものではない。効率よく満遍なく釜に火が当たるように工夫しなくてはならなかった。釜の前で、ぼおっと突っ立っているわけにはいかないのである。熱いが、常に薪の燃え具合に目を凝らすのだ。

「ねえ、たいへんだよ。変な人が三樹之助さまを訪ねてきたよ」

目を丸くしておナツが駆けてきた。寺子屋から帰ってきたとき、店の前で声をかけられたのだとか。

「誰だ。変な人というのは」

「女の人だよ。二人いる。一人は、お姫様だね。きれいな人だけどさ、怖い顔をしていた」

「何だって」

いきなり背中を、どんと叩かれた気持ちだった。昨夜大川の土手で花火を見物していたとき、背後から何者かに見られている気配があった。気持ちのどこかに、それは志保ではないかとの悪い予感もあったが、まさかという思いのほうが強かった。

けれどもそれは、現実だったようだ。両国からの帰り道をつけられたのだろう。

「ともかく来てくれって、五平さんが言ってる」

「分かった」

行きたくはないが、訪ねてこられた以上は会わないわけにはいかない。店先へ回った。

店先にいたのは、やはり志保とお半だった。五平が何か話をしているが、気圧された感じだ。女主従の身なりはどこから見ても、御大身のそれである。

志保は花田色の鮫小紋に浅黄の帯。凛としすぎて近寄りがたい。いつものことだがにこりともしないので、馬鹿にされた気持ちになる。

五平は対応に苦慮しているらしかった。

三樹之助が来て、十日くらいが経っているという話をしていた。

「これはこれは、お久しゅうございます。ご病気で伏せておいでになると伺いましたが、このようなところでお目にかかろうとは」

何も言わないうちに、お半が顔を向けた。頭のてっぺんから爪先まで、無遠慮に見回した。

志保は何も言わない。そしてふんと鼻で笑った。三樹之助を見詰めているだけだ。

「いや、ちと事情がござってな」

平然として受け応えをしたいと考えたが、やはりできなかった。いきなりのことである。しどろもどろになっているのが、自分でも分かった。

「どのような事情でございましょうか。昨夜は花火にもお出かけになられた由」

やはり土手で見られたのだと、その言葉で分かった。病という言い訳は、もう通じないことになる。

「こちらにおいでになることは、お父上様はご存じなのですか」

お半の物言いは容赦がない。口元に微かな笑みを浮かべたが、それは嘲りだと三樹之助には感じられた。知らせてはいないだろうと、見越した上で言っているのだ。

「そ、それは」

言葉を濁すしか、しようがなかった。

「しっかりなさいませ。ご自分が今何をなさるべきか、しかと考えなければならぬときですぞ」

今度は説教になった。

額と腋の下に、汗が噴き出している。しかし返答はできなかった。

どうしたものかと思案に暮れていると、三樹之助の脇に立った女がいた。

お久だった。

「こちらのお客様は、湯にお入りになりに来たのですか。それならば、さっさと入っていただいてください。このまま立っていられては、場所塞ぎですから」

いつものはっきりした口調で、三樹之助に言った。喧嘩腰とはいえないが、やはりにこりともしない顔は、怒っているかに見えた。

「な、何を無礼な」

眦を吊り上げたのは、お半である。お久を睨みつけた。

「私らが、このような場所に入るわけがない。下々の者が共に浸かる湯など、肌が穢れる」

「何だって、何様だか知らないけれど、ずいぶん無礼なことをお言いじゃないか」

お半の物言いを、お久は許さなかった。敵意を剝き出しにして言っている。取っ組み合いも辞さないという剣幕だ。

「ふん。朝沸かした湯を、いったい何人が入るとお思いか。日が落ちるまで、湯は変えぬのであろう」

お半も負けていない。だが喧嘩腰にはならなかった。物言いはあくまでも冷ややかである。かえって、ゆっくりとした口調になった。

志保は相変わらず、何も言わない。

「そのためにね、最後にきれいな上がり湯をかけるんだ。それでもたった十文でやりくりしている。そういうたいへんさが、あんたなんかに分かってたまるか」

啖呵（たんか）になっている。顔が赤い。

さすがにお半も、息を吞んだ。何か言おうとしたが、声にはならなかった。

「湯に入らないなら、帰っていただきましょう。お客さん方が迷惑しています」

二人を交互に睨んだ。武家の御大身の姫君と侍女を相手に、まったく怯まない。三樹之助の出る幕は完全になくなってしまった。

「帰りましょう」

言ったのは、志保である。ちらと三樹之助を見た目の光は強かったが、言葉はぞっとするほど冷たかった。

「そういたしましょう。このような場所に、長居は無用でございます」

二人は向きを変えると、歩き始めた。やや離れたところに武家駕籠が停まっている。駕籠に乗り込んでも、女主従はこちらを振り向かなかった。

「何だよ、あの人たちは」

お久はそれだけ言うと、女湯の暖簾を分けて中へ入っていった。三樹之助には、一瞥もくれなかった。

「困った」

いったい志保は、何のために夢の湯へやって来たのか。父親の酒井織部や小笠原正親の思惑が絡んでいるのか。そこらへんは分からない。

酒井は、正親と美乃里の間にあったことは知らなかったと、一学は言っていた。ただどちらにしても、これで父や母に居場所を知られてしまったことになる。今後どういうことになるか、見当がつかなかった。

第四章　肘の刀傷

一

それからずっと、三樹之助は釜場で考え込んでいた。薪をくべても、おナツや冬太郎に話しかけられても、ついついうわの空になった。

「しっかりしなよ。あんなことでさ」

おナツに慰められてしまった。志保とお半が訪ねて来たことを指している。子どもの目にも、自分は意気地がなく見えたのかもしれない。

しっかりしていたのはお久だけである。

いつ怒った父左近がやって来るか。酒井家が何か言ってくるのか。腹を決めたつもりでも、いざとなると落ち着かない。

「未熟者めっ」

自分を罵(ののし)った。

「昼間の人は、いったい何者ですか」

夕刻の混雑が一息ついたときに、側にやって来たお久に尋ねられた。

「それは……」

応えられずにいると、それきり一切相手にされなくなった。晩飯のときは、ちらりともこちらを見なかった。

「おっかさんはね、焼きもちをやいているんだよ」

おナツが、耳に口を寄せて言った。これには驚いた。言っている意味が、三樹之助には理解できなかった。

怒っている女が、どうして焼きもちをやいているのか。

湯屋の客の中には、「なんだいありゃあ」と五平に聞いてくる者もいた。女湯の方でも、一時評判になったらしいが、幸い今日は湯汲み番ではなかった。

そういう話は、おナツから聞かされた。

お楽や為造、米吉は、顔を合わせるたびに何かを問いたそうな顔をした。

その日は酒井家はもちろん、大曽根家からも何も言っては来なかった。

翌朝、飯を食っているときも、お久はいっさいこちらを見なかった。お楽もどこかよそよそしかった。飯や汁は、おナツがよそってくれた。

「三樹之助さん、今日は少し手伝っていただきやしょうか」

食い終えると、源兵衛が声をかけてきた。

「探索は、進展していないのだな」

そう言うと、渋い顔で源兵衛は頷いた。

「托泉以外に、おれいが関わったとおぼしい男を捜しやしたが、どうしても浮かんできやせん。こうなっては托泉を落として、喋らせるしか手立てはありやせんが、それも難しそうです」

托泉はこちらが寺社方でないことを盾にして、尋問に応じなかった。けれども托泉から真相を聞くのが、事件解決の近道であることは明らかだ。

「あっしは、寺の主だった檀家を使って落とそうと考えていやす。そこで三樹之助さんには、あのかみさんの聡という女に当たってもらえねえかと思いやしてね」

源兵衛の言っていることは、もっともだと考えた。

「分かった。やってみよう」

そう応えた三樹之助だが、重い気持ちがしたのも事実だった。何しろ聡なる女がまとっている雰囲気は、志保そっくりだったからである。歳も顔形も似ていないが、初めて見たときは志保が現れたかと勘違いした。

托泉は入り婿で、聡は家付き娘だった。二人の間に子どもはない。

気性の激しい酷薄（こくはく）な女なら、夫の不義はもちろんのこと、若い女を金で買うことも許さないに違いなかった。立場が悪くなったり、寺を追い出されたりという危惧（きぐ）があるからこそ、おれいとの密会を認めないのだと推量していた。

夢の湯にいて、釜焚きや湯汲みをしていても、気持ちの多くは、酒井家と面倒なことになっているだろう実家の混乱に振り向けられている。

今日あたり父と叔父長谷川は、麴町の酒井家に詫（わ）びに出かけることになるのだろう。ここへも必ず何か言って来る。

鬱々（うつうつ）としているよりは、出かけた方がましだ。どちらにしても酒井家との縁談は壊れるわけだから、さらに逃げ出しても始まらない。たとえ勘当になるにしても、いつかはきっちりと話をしなくてはならないと考えていた。ただ激怒した状態の父や叔父と会うよりは、少し間を空けた方がいいという計算も少しはあった。

神楽坂にある法光院へ、三樹之助は向かった。

坂道を上っていると、蟬の鳴き声を聞いた。初蟬である。今日もからりと晴れて、日差しは強かった。梅雨は明けたのかもしれなかった。寺町はしんとしていて、白壁が眩しかった。

寺に着くと、読経の声が聞こえた。托泉の声である。なかなかに張りのあるものだった。

庫裏の玄関先に立ったときも、読経はまだ続いていた。女中らしい女がいたので、ご内儀を呼んでほしいと頼んだ。すると出かけているという返事だった。

「茶の湯の師匠のところへ、行っておいでですよ」

四谷天王横町にある愛染院という寺だという。四谷大通りの先にある町だ。三樹之助は行ってみることにした。托泉のいないところで会うほうが、腹を割って話ができるだろうと判断したからだ。

大通りに出ると、屋台の心太屋が幟を立てていた。水売りが「冷っこい、冷っこい」と売り声を上げて通り過ぎてゆく。商家の小僧が、道に水をまいていた。

愛染院は法光院と同じくらいの規模の寺だったが、本堂も庫裏も山門も、どれをとっても年季の入った風格のあるものだった。掃除をしていた小僧に尋ねると、寺の住職が茶の湯の師匠で、本堂横手にある茶室で稽古が行なわれているとのことだった。

聡の顔はすでに一度見ているから分かる。鐘撞き堂の日陰で、終わるのを待つことにした。

半刻(約一時間)ほど待つと深川鼠の涼しげな着物を身につけた女が現れた。薄い化粧だが、目鼻立ちがくっきり見えた。背筋を伸ばし、真っ直ぐに前を向いている。艶のある黒髪が、光を浴びて眩しく見えた。中年の女で、三樹之助は近づきがたい威圧を感じた。

用事がなければ、とても声はかけられない。

「おや、あなた様は」

聡は三樹之助を覚えていた。笑顔は見せなかったが、丁寧な挨拶をされたのでかなり驚いた。つんとしている女だと、思い込んでいたからかもしれない。

「托泉殿について、お話をしたいことがあります」

そう言うと、承知したという目で頷いた。

「私も、そうしたいと考えておりました」

人に聞かせられる話ではないから、本堂の裏手にある墓地へ行った。大きな檜葉の木があって、そこの木陰で話をすることにした。

墓の一つから線香の煙が上がっているが、人の姿は見当たらなかった。

「托泉は、本当に池之端で密会を行ったのでしょうか。あの人はないと言っていますが、あなた方も、何の手立てもなく私どものところへお出でになるとは思えません」

煙が上がっている墓の方に目をやりながら言った。ずっと気になっていた様子だった。

「この間も話したが、出合茶屋の番頭は顔を見て、間違いないと言っている。いろいろ殺された女を洗っているが、他に関わり合った男の姿は浮かばないのでな。何としても托泉殿から事実を伺いたいのだ」

「女を、殺してはいないのですね」

「斬ったのは侍だ。その者とは、拙者が立ち合っている」

聡はほんの少し躊躇う気配を見せたが、すでに腹を決めていたように口を開いた。

「托泉の言葉を信じたい気持ちはありますが、前にあなた方がお出でになったときから、嘘ではないかという強い疑いがあります。ですがそれを、問い質すことができません。返答を聞くのが、とても怖いからです」

「えっ」

思いがけない言葉を聞いた。いかにも怜悧（れいり）そうで気丈で酷薄な印象に見える中年女が、そのようなことを口にするとは予想だにしていなかったからだ。

聡という女は夫に対して傲慢とも受け取れる態度を取っていたが、気持ちの面で托泉を愛しているのではないか。そう三樹之助は感じた。

「池之端で密会していた女子に、金を渡していようといまいと、心を繋げた逢瀬を繰り返していたのならば、もう共には暮らせませぬ。離縁することになります」

そこまでを一気に言った。そしてふうと、息を吐いた。目に、これまで一度も感じたことのなかった、不安と寂しさが浮かんでいる。

目の前にいるのは凛とした女ではなく、夫の不実に苦しんでいる揺れる心を持った女だった。

「でももし、金で体を買っただけで、心を繋げたわけではなかったのならば……。それでも許せませんが、離別はしないと考えています。真実を知りたいと、願うようになりました」

強い輝きが目に宿って、三樹之助を見詰めた。

「殺された女の方も、このままでは成仏されないと思います」

腹を据えた女は、もう動じない。この女は特に、そうかもしれなかった。

「では共に、托泉殿に当たっていただけますか」

「はい。あなた様がここへお出でになってくださったことで、私の覚悟が決まりました」

　聡は小さく頷いた。

二

「何も話すことなどない」

　三樹之助の顔を見たとき、托泉はまずそう言った。煩わしいものを見るという眼差しだった。

「いえ、私もご一緒に伺うのです」

　庫裏にある十二畳の二間続きの部屋は、襖が取り払われていた。檀家の集まりなどにも使えそうな部屋である。庭の樹木が見渡せた。合歓の花が、細い糸を無数に集めたような淡紅色の花を咲かせている。

　この部屋に托泉と聡、それに三樹之助が入った。托泉はいかにも不満だといった顔付きをしている。

「殺された女子とは、どのような者だったのですか」

　まず聡が三樹之助に聞いた。

「そのような話は、聞きたくない」

託泉が立ち上がろうとした。その着物の裾を聡が掴んだ。睨みつけられて、託泉は怯んだ。覚悟の眼差しを感じたのかもしれない。

「二十七でな、堅気の商家の女房であった。二歳になる男児がいた」

今度は託泉が三樹之助を睨んだ。

「まあ」

「蔵前の高利貸しから金を借りていた。体を売った金で、元金を少しずつ返していた」

三樹之助は、女に男の影があったことには触れなかった。確定していたわけではないから、口にしなかったのである。

「その女子にどのような事情があろうとも、わしには関わりがないことだ」

託泉はぶつぶつ言っている。

「それで、借金は返すことができたのですか」

「いや。できぬうちに、命を奪われた。女は出合茶屋を出ると、湯島の湯屋へ寄って、それから店に帰った。殺されたのは、その湯屋から出た後のことだった」

「な、なんと。湯屋へ」

聡は、はっと何かに衝かれた顔になった。すうっと、目に涙が浮かんだ。だがすぐに、気丈な顔に戻った。

「その女子は、金を受け取って抱かれた相手に、心を寄せてはおりませぬな。心を寄せていたならば、事後に湯屋へなど行くわけがない」

確信のある物言いだった。托泉の体が、瞬間びくりとした。

「お前さま」

聡は托泉に向き直った。そして二呼吸するほどの間、夫の顔を見詰めた。

「な、何だ」

「はっきりとなさいませ。金で女を買ったことは、いよいよもって許しがたいことではございますが、それよりも腹立たしいのは、そういう関わりがあったことを隠していることでございます。それでは、共に暮らすことは出来ませぬぞ。どうぞ正直におっしゃってくださいまし」

目が赤い。三樹之助が初めて会ったときは高慢な女に見えたが、今は無念さを堪えて妻として夫に問いかけていた。家付き女房の高慢な言葉ではなかった。

「その上で、これからの暮らしを、共に考えていこうではありませぬか」

聡は、共にこれからを考えていこうと言っている。離縁だとは口にしていなかった。

「お、お前は」

託泉の言葉が詰まった。目にあった頑(かたく)なな光が、なくなっていた。

「あったことを、あった通りにお話しなさいませ」

「わ、わしは」

託泉は、聡の目線をそらした。畳の縁に目をやっている。大きく息を三つ四つ吸ったり吐いたりしてから、声を出した。

「池之端で、わ、わしは女を金で買った。一度につき、一両二分を払ってな」

そして項垂(うなだ)れた。

「なるほど、そうでしたか。よくぞおっしゃいました」

聡はじっと夫を見詰めながら言った。腹立ちを呑み込もうとしているのは、三樹之助にも分かった。一度口にしたことを、守ろうとしていた。

「どういう伝(つて)で、女と知り合ったのか」

三樹之助が声を出した。聞くべきことは、聞いておかなくてはならない。

「浅草福井町の多喜蔵という者が、口利きをしたのだ」

「多喜蔵だって」

讃岐屋へ、高利の金を貸した男である。

「あの男と、どういう知り合いなのだ」

「檀家の一人が、多喜蔵を知っていた」

多喜蔵とは顔も合わせたことがないという。もちろん本当の名も素性も知らなかった。檀家の者が口を利き、托泉が初めておれいと会ったのは二月前だった。

その檀家とは、蔵前の札差で加納屋藤兵衛なる者だと教えられた。法光院の代々の檀家で、托泉とは気が合った。聡には内緒の話もする仲だった。

一両二分というのは高額だが、札差の加納屋や托泉ならば出せない額ではなかったようだ。

多喜蔵は、借財のある女を斡旋して、返金させていたようだ。

「では女を殺した下手人の見当は、まったくつかないわけだな」

「そうだ。これだけは嘘偽りはござらぬ」

一度聡に目をやってから、托泉は言った。

翌日三樹之助は、蔵前の浅草瓦町の札差加納屋を訪ねた。大きな米蔵の並ぶ蔵前通りの片側は、重厚な札差の店が並んでいる。揃いの仕着せを着た奉公人たちの動きは、どこもきびきびしていた。

托泉には主人藤兵衛宛に、三樹之助の問いかけに答えてやってほしいという一文をしたためさせた。おかげで、主人の藤兵衛に会うのは、手間のかかることではなかった。

札差は、幕臣を相手に金を貸すのが稼業の中心である。部屋住みの侍など、普段ならば相手にしない。

店の奥にある顧客用の部屋に通された。小僧が茶菓を運んできた。まだ替えたばかりの新しい畳で、藺草（いぐさ）のにおいがした。

「私が主人の藤兵衛です。何なりとお尋ねください」

愛想笑いこそしなかったが、知っていることならば答えようという姿勢だった。三樹之助は、池之端で起こった斬殺事件の大まかを話した。

藤兵衛は一つ一つに頷きながら聞いた。

高利貸しの多喜蔵には、こちらから金を貸したり、緊急に入り用のときは融通をさせたりする間柄だそうな。二人の間の貸し借りでは、高利にはしない模様だ。

三樹之助が想像していた通り、多喜蔵は利息や金を返せない者に対しては、上玉の女であれば、金離れのよい客に斡旋して金を稼がせていた。

「何しろ素人で、口の堅い女たちばかりですからな、客には好都合。托泉殿のような方には、重宝がられたようです。もちろんここだけの話ですが」

　藤兵衛は小さく笑った。そして続けた。

「特上の女を頼むと、私が多喜蔵に頼みました。まさかその、おれいという女子が殺されるとは思いませせなんだが」

「多喜蔵は、そうやって返金をさせるために女に強要したのですか」

「しいてやれと、押し付けているわけではありませんな。ただ期限までに返金できなければ、それなりのことはするでしょう」

「それなりのこととは」

「証文の記述次第ですが、家屋敷を取り上げることもあるでしょうし、女房や娘を苦界に売らせることもするでしょう。金貸しも商人ですからな、貸し金の取立てはきっちりします。金貸しとしては、当然です」

「多喜蔵はおれいを、配下を使って殺させると思いますか」

「まさか。金を作ってくる女を、殺す馬鹿はいない」

　藤兵衛は笑った。話を聞く限り、三樹之助もそうだと思った。

「多喜蔵との関わりは、長いのですか」

「もう七、八年になりますかな」

札差加納屋は表通りの大店で、しょせん多喜蔵は町の高利貸しである。裏の稼業の男だが、使いようによっては便利なところもある、という内容のことを藤兵衛は言った。

「私どもの金主には、日本橋や京橋のお店がいくつもあります。そうしたところでは、場所のいい店舗を欲しがる者もかなりいます。使い勝手のいい妾宅や隠居所を求める者もあります。多喜蔵は貸し金の返金が出来ぬ者から家屋を取り上げますから、都合のよい物件があれば、手っ取り早く手に入れることが出来るわけですな」

「便利な存在だな」

「さようです。そういえば半月ほど前に、日本橋から芝までの大通りに新店の店舗がほしいと因幡屋のご主人が言っていましたな。あれはどうなったのでしょうか」

因幡屋とは、日本橋横山町の太物屋だという。多喜蔵に口利きをしたそうな。

加納屋藤兵衛から聞き出せたことは、それくらいだった。蔵前通りを歩いて、浅草橋御門を南に渡った。

日本橋横山町に向かっている。

三樹之助は、おれいと多喜蔵との間で何か悶着が起こり、豪山に命じて殺させたのではないかと考えた。しかし藤兵衛の言うとおり、金を稼いでくる女を殺してしまうのは、愚かなことである。

ただそうなると、おれいを殺し、懐の金を奪ったのは誰なのか。まったく見当がつかないことになる。行きずりの犯行だったとでもいうのだろうか。三樹之助は、そうではないと考えている。賊は黒頭巾まで用意して、おれいを襲っていた。

多喜蔵を、もっと洗ってみようと思った。因幡屋の主人にも会うつもりだった。

三

因幡屋は界隈きっての老舗だという。店の間口は加納屋と変わらないが、客の出入りが多かった。繁盛している店なのは、一目見れば分かった。

三樹之助は、ここでは加納屋藤兵衛の名を出して、主人への面会を求めた。あいにく主人は不在だったが、六右衛門(ろくえもん)という初老の番頭が話をしてくれることになった。

店奥にある帳場格子の内側に座り込んだ。

何冊もの大福帳が文机(ふづくえ)の上に積み重ねられている。ぶ厚い一冊が開かれて、几帳面(きちょうめん)な文字が数行並んでいた。

店の中が、一目で見渡せる場所である。客は町人ばかりではなく、武家や僧侶の姿も見えた。

「多喜蔵さんならば、よく存じております。お世話になっております」

六右衛門はそう言った。如才(じょさい)ない物言い物腰だ。

三樹之助は、ここではおれい殺しの話は出していない。ただ多喜蔵について、知っていることを聞かせてほしいと言っただけだった。ただ加納屋藤兵衛の名は、効き目があった。

「新店の店舗を探している、との話であったが」

「そうです。当店の次男が暖簾分けをいたします。そのための適当な店を日本橋から芝口までの大通りに探しておりました」

繁華な通りだから、三樹之助がちらと思い浮かべただけでは、空き店があるとは考えられない。資金を蓄えて、裏通りの店から表通りに出て行こうという者もあるだろうから、探すとなると難渋するだろう。

「それで、あったのかね」

「はい。一月ほど前に、多喜蔵さんにお話をしました。そうしましたら、つい十日ほど前にお返事を戴きました。何とかなりそうだということでした。さすがですね」

阿漕(あこぎ)に取り上げる店なのかもしれないが、証文が揃っていて御法に触れなければ、商談は成立する。因幡屋は金だけ出せば、前のことは知らない。

そう考えれば、多喜蔵は便利な男だ。

「どこの店が、手に入りそうなのかね」

「はい、京橋の金六町です。芝口橋から目と鼻の先です」

「ほう」

もしや、と思っていたことが的中した。

それが顔に出ないように、注意しながらさらに問いかけた。

「手に入る店とは、小間物を商う讃岐屋ではないか」

「よく、ご存じですな。あそこは、場所としては一等地でございます」

「だがあそこは、まだ商いをしているはずだ。それを多喜蔵がどうやって手に入れるのか、存じているのか」

「さあ、それは……。多喜蔵さんが、どうにかなさるのでございましょう。だめでしたならば、私どもは他を探すばかりでございますよ」

しくじった場合は、関係ない。六右衛門はそう言っていた。

讃岐屋は、多喜蔵から確かに高額の借金をしている。けれども月々の利息を払えないことはないと又七は言っていた。そして女房のおれいは、体を売った金で、元金を返し始めていた。時間はかかったとしても、いずれは返済できる金だったはずである。その店舗を、多喜蔵は何とかなりそうだと、言ったのであった。どうすれば、手に入れることができるのか。

三樹之助は、あっと声を上げそうになった。

返済が、出来なくなればよいのだ。体を売ってまで金を返そうとする女は、邪魔なのである。六右衛門が言うとおり、讃岐屋は芝口橋に近い一等地だ。そう簡単に、他に店舗を探すことはできないだろう。

「もし讃岐屋の店を手に入れてきたならば、礼の金は弾むのであろうな」

「それはもう、そういうことになりましょうな。旦那様もおかみさんも、およろこびになるでしょうからね」

「十両くらいか」

「まさか」

六右衛門は、三樹之助の言葉を嘲笑(あざわら)った。はっきりとした額は言わなかったが、桁(けた)の違う礼金が払われるのかも知れなかった。二ヶ月前には、返済のために体を売る口利きをした。しかし一ヶ月たって、因幡屋からの依頼を受けると、事情が大きく変わったのである。

ということは……。多喜蔵におれいを殺す、動機があったことになる。心の臓が熱くなった。

因幡屋では、これだけ話を聞けば充分だった。日差しはすでに、中天を過ぎていた。昼飯を食っていなかったが、空腹感はなかった。

三樹之助は礼もそこそこに店を出た。目指す先は、京橋金六町である。又七に会わなくてはならない。

足が南に向いてゆく。

源兵衛と訪ねたとき、腑に落ちないものを感じた。何か隠し事をしているのではないかと予想したが、当たっていた。又七は多喜蔵からの借金のことは口にしたが、店を手放すか否かは一言も触れなかった。

讃岐屋へ行くと、見覚えのある小僧が店番をしていた。主人は出かけていて、一刻くらいは戻らないだろうという話だった。

そこで三樹之助は芝口橋の袂へ行った。そこには食い物を商う屋台店がいくつか出ていた。天麩羅屋とこわ飯屋が目に入った。強い日差しの中を歩いてきたので、熱いものを食べる気がしなかった。こわ飯屋の前に立った。

「へい。いらっしゃい」

威勢のよい中年男が商(あきな)っていた。

こわ飯は、餅米に小豆(あずき)や黒豆を入れて蒸した飯である。三角に握られて、盆の上に並べられていた。予想を超える展開があったから、あまり空腹感はなかったが、これを見たらばたちまち腹の虫が悲鳴を上げた。

二つ三つと、腹の中へ消えてゆく。食いながら三樹之助は、おれいなる女のことを考えた。

おれいは四月以上前から、多喜蔵の口利きで金を得て男に抱かれていた。総計で三十両ほどの金を稼いでいるはずだったが、そのすべてを返済には回していなかった。残りの金はどうしたのか。男の影があったというから、そちらに回したのではないかと、三樹之助と源兵衛は話したのである。

定町廻り同心の豊岡は、その相手らしい男を探っているが、いっこうに現れていない。おれいは自分の縁者はもちろん、幼馴染みなど親しくしていた者の誰にもそのことを漏らしていなかった。気配も見せなかったのである。

慎重に隠していたのか。それとも……。

六つ目のこわ飯を喉に押し込んだ。屋台の親仁が、冷えた麦湯を出してくれた。ごくごくと喉を鳴らして飲んだ。飲み切ったところで声が出た。

「そんな男は、いなかったんじゃねえか。それならば、いくら捜したって出てきやしない」

根拠など、どこにもない。だが正しいのではないかという気がした。だとしたら、残りの金はどうしたのか。

芝口橋を、多くの人や荷車が行き過ぎて行く、三樹之助はその人の流れをぼんやり見詰めた。

「とうふい、とうふ」

天秤棒を担い、菅笠を被った豆腐売りが前を行き過ぎてゆく。それを見て、ああと気がついた。

橋の向こう岸芝口新町の裏通りに、おれいの弟が商う豆腐屋があった。

又七が戻るのにはまだ間があるから、そちらへ行ってみることにした。

「旨かったぜ」

こわ飯の代金を払って、三樹之助は芝口橋を渡った。

「おや、あなた様は」

おれいの弟は、店にいた。三樹之助とは初対面ではない。向こうも顔を覚えていた。

おからのにおいが、ほのかに仕事場に残っている。

あの時は、遺体が讃岐屋に戻されたばかりで混乱していた。充分な話は聞けなかった。

もちろんここへも、豊岡は何度も足を運んでいるはずだ。だが殺害者に繋がる手掛かりを摑めていない。

「おれいについて、聞き漏らしたことを尋ねたい。かまわぬか」

そう言うと、弟は大きな水桶から手を抜いた。こっくりと頷いたが、顔に張りはなかった。世間では姉が嫁ぎ先で不義を働き、その挙句に殺されたと、そんな噂が広がっているからかもしれない。

「おれいさんは表通りに住む又七と、どうやって知り合ったんだ」

老舗の跡取りと裏店育ちでは繋がらない。おれいにとっては玉の輿だったはずだが、どうやってそれに乗ったのか。

「姉さんは、芝神明宮の門前七軒町にある茶店で女中をしていました。弟のあたしが言うのも何なんですが、姉はそれなりの器量をしていましたから、目当てにしてやって来る男客も少なくありませんでした」

「又七も、その一人だったわけだな」

「はい。あそこは神明宮だけでなく、増上寺さんの参拝客も立ち寄りますし、近隣の商家の奉公人や職人さん、漁師の方もお出でになりました。又七さんはああいう人でしたから、初めはあまり目立たなかったとか。そういえば、こんな客がいたな、というほどのものだったそうです」

海が近い芝の漁師や職人は、金払いもいいが気性が荒く喧嘩っ早い者が多数いた。おれいに横恋慕(よこれんぼ)をして思い通りにならず、恨みを持つ者もそのうちに現れた。おれいに好いた男はいなかった。茶を淹(い)れてやり、饅頭や団子を運んでやって、ちょいとお喋りをするだけで喜んでもらえるこの仕事を楽しんでしていた。だが血気盛んな若い男は、おれいを我が物にしようと、あれこれちょっかいを出してきた。お愛想で見せる笑顔や世辞を真に受け、その気になってしまった若い衆三人が、店を閉めた帰り道に待ち伏せしていた。思い通りにならず、恨んでいた者たちである。人の通らない、暗がりの道に引きずり込まれた。彼らは酒に酔っていた。

「おれいは、襲われたわけだな。無事だったのか」

「帯を解きかけられたときに、助けが入りました」

「なるほど。それが又七だったわけか。又七は三人もの荒くれ者を、たちどころに打ち倒してしまったのだな」

「いえ、そうではありませんでした。たちどころに殴り倒されてしまったそうです」

腹を立てた男たちは、倒れた又七をさらに足蹴にした。おれいが止めに入ったが、それがさらに男たちを逆上させた。

「又七は、逃げなかったのか」

「逃げなかったそうです。そしておれいに、逃げろと言ったそうです。騒動に気づいた町の人が大声を出したので、若い衆は逃げ出したそうです」

「それが機縁というわけか」

気弱そうな老舗の跡取りに、これほどの気丈な一面があるとは意外だった。そういえば、おれいを嫁にするに当たって、反対する親戚一同に、金のことでは今後一切迷惑はかけぬと言い切った。その話を三樹之助は思い出した。

「ええ、祝言を挙げる前も、挙げた後も、又七さんにはずいぶん世話になりました。うちの一年半前に亡くなった親父は、長患いでしてね。医者代や薬代で、けっこう物入りでした。その費えも、お姑さんに気付かれないように気配りしてくれたんです。あの人に足を向けて寝られない。いつも姉はそう言っていました」

「なるほど」

「二歳になる子どもの顔が、どんどん又七さんに似てくる。それが嬉しくて仕方がないと言う女が、よそで不義を働くなんて、あっしにはどうしても信じられねえんですよ」

涙が、目から一筋頬に流れた。姉を思う悔し涙なのだろうか。

四

芝口新町の豆腐屋から、三樹之助は讃岐屋へ戻った。すると又七は店先にいた。ほんの今しがた出先から帰ってきたところだと言った。

「おや」

又七の顔を見て、三樹之助は覚えず声が出た。顔を見たのはつい四、五日前だが、それから輪郭が、一回り萎んだように感じたからである。

「どのようなご用件で」

胸中に憂いがある。その思いを押しのけて、言葉を出した印象だった。

店内の上がり框に、三樹之助は腰を下ろした。店の奥の方から、幼い男児のはしゃぎ声が聞こえてくる。姑か小僧か、誰かが遊ばせているようだ。

その声に耳を止めてから、三樹之助は口を開いた。

「池之端でおれいを買っていた男が分かった。おれいは、多喜蔵の口利きで男に会いに行ったのだ」

「そうですか」

見返してくる目に、大きな動揺はなかった。もっと驚くのかと考えていた。

「分かったのは、それだけではないぞ。多喜蔵はこの讃岐屋の店舗を奪い取ろうとしている。違うか」

「………」

「おれいとその方は、借金を返そうと、精一杯努めてきた。とくにおれいは、体を売ってまでしてな。その挙句に斬殺された。元金が減れば利息も減るが、それでも残金四十五両となれば、二両一分を返さなくてはならぬ。一月でも返さなければ、利息は元金に繰り込まれ、それは瞬く間に増えてゆく」

三樹之助の言葉を聞きながら、こちらを見ている又七の目には、怒りはない。悲しみと恨めしさがあるばかりだ。

「おれいがいたときは、それができた。その方が利息を支払ったというが、それだけではあるまい。おれいも元金だけでなく、池之端で稼いだ金で利息を払ったのではないか」

確たる自信があったわけではないが、三樹之助はそう決めつけた。すると又七が、小さく頷いていた。目に涙の膜が出来ている。

「は、初めに、私が元金の返済に七両を出したのは、本当です。古い友人から借りることが出来ました。でもそれは、二月後には返さなくてはなりませんでした。その金はおれいが、返しました」

「なるほど。多喜蔵の他に、金を出した相手がいたということだな。となるとおれいが返した金は、三十両ほどになるわけだ」

「はい」

金の面での疑問が、ようやく解けた。

おれいは、謎の男に金を使ってなどいなかった。

「その方はいつの間にか、おれいが稼いでくる金をあてにしていたのだ。おれいはその金を、どうやって都合をつけたと言ったのか」

「得意先からの売掛金を集めてきたと、申しました」

蚊の鳴くような、声である。

「そのような、すぐにばれる嘘を信じたわけではあるまい。その方は、おれいが何をしていたか、薄々気付いていたのではないか。あのような大金を、他に作る手立てなどないからな。だがそれを責めることも、止めさせることもできなかった」

聞いている間に、又七の体が小刻みに震え始めた。堪えようとするのだろうが、収まらない。

「そこでな、おれいがこういう無理をしたわけが、おれにもようやく分かった。借用証文には、貸し金の返済期限があるのではないか。それまでに返せなければ、讃岐屋の店舗を売って返済するという文言がな。ならば、ぼやぼやしてはいられないだろう」

多喜蔵は、取りっぱぐれのない二つの選択肢（せんたくし）を持っていた。おれいに体を売らせることと、店を取り上げること。因幡屋が現れる前は、前者を選んでいた。

又七は何かを言おうとしたが、声にならなかった。堪えていたようだが、目から涙が溢れ出た。

やや間を置いてから、三樹之助は続けた。

「だがな、おれいが殺されてしまっては、もう元金どころか利息も払えなくなった。店を取り上げられるのは、時の問題ではないか」

又七の体が、強張（こわば）ったのが分かった。

「わ、私は、酷い、亭主です」

がくりと頭（こうべ）を垂れた。涙がぼたぼたっと、膝に置いた握り拳の上に落ちた。拳は絶え間なく震えている。

「私はたった今、多喜蔵と会ってきました。あ、あなた様がおっしゃる通り、今は借金は四十五両ですが、利息を払えなければ、雪だるまのように増えてゆくはずです。多喜蔵は、すぐにでも手放すならば、四十五両は、買い手に持たせようと言っています。さらにこの店舗に相応しい代価を、別に支払う、ということでした。そ、それだけあれば、場所を変えて、どこでも商いができるだろうと」

ときおり途切れたが、胸中に詰まっていたものを、一気に吐き出そうといった口吻だった。

「応じたのか」

「即答は出来ませんでした。この店を手放すなんて、とうていできるものではありませんから」

「それはそうであろうな。代々続いた老舗なのだからな」

「いえ、それだけではありません」

初めて聞く、又七の強い言葉だった。俯いていた顔を上げた。滂沱たる涙が、顔を濡らしている。

「こ、この店を手放したくないから、おれいは、あ、あんなことまでしたのです。どれほど辛かったか、言葉には尽くせません。そ、それなのに、私は……」

もう言葉にならなかった。

何も出来ないと、言いたいのだろうか。それとも、多喜蔵の申し出に応じようとしているのだと言いたいのか。

「悔しいな」

三樹之助の胸には、憤怒が込み上げている。

おれいを斬ったのは豪山だ。命じたのは多喜蔵に他ならない。店を取り上げるために、邪魔者を屠ったのである。

奥の部屋から、また子どもの笑い声が聞こえた。おれいが生んだ、又七の子どもである。おれいは、子どもと又七が暮らすこの店を守りたかった。それが願いだったのである。

このままにはできない。

それが、三樹之助の気持ちだった。

「泣き寝入りなんざ、させねえ。必ず、おれいを斬ったやつを捕らえてやるさ」

ただやったかと尋ねて、「はい」と応える手合いでないのは明らかである。それにどう対峙したらよいのか。

　全身が、憤怒でいっぱいの三樹之助には、とっさにはいい知恵が浮かばない。源兵衛や豊岡と策を練ってみようと考えた。

「店の返事は、急かされているのか」

「も、もちろんです」

「受けるのか」

「………………」

　又七は、応えられない。

「しかし一両日はするな。おれいの奪われた命やしたことを、無駄にしないためにもな」

　そう言うと、又七は頷いた。

　三樹之助は、湯島の夢の湯に戻った。西空が夕日に染まるのには、まだ少し間のある刻限だった。湯屋は、そろそろ混み始めてくる頃である。

「ちょうどよかった、湯汲みを手伝ってもらえるかね」

　為造に頼まれた。まだ源兵衛は戻ってこない。

「お安い御用だ」

三樹之助は下帯一つになって、上がり湯のある呼び出しに立った。

「今日も暑かった。梅雨が明けると蒸し蒸ししなくていいが、日差しが強くてかないやせんや」

日焼けした人足ふうの男が声をかけてきた。

「本当だな。確かに暑かった」

自分も朝から歩き回った。蔵前から芝まで行った。日差しの強さだけではない、腹の内も怒りでかっかとしていた。体を動かすのは、うってつけの仕事だった。

呼ばれれば、女湯の方へも行く。

「三樹之助さんは、相変わらず男前だねえ」

年増の囲われ者らしい女が、桶を差し出すついでに、そ知らぬふうに体に触れてくる。三樹之助は怯むことなく、柄杓で桶に湯を汲んでやる。

女の裸が気にならないのではない。他のことで頭がいっぱいだから、気に留めていられないのである。湯を汲むだけならば、考えごとをしていても差し障りなく出来る。

桶が次々に差し出される。柄杓で湯を汲んでやりながら、三樹之助が考えることは一つだった。

どうやって、多喜蔵や豪山の犯行を暴き出せるかということだ。このままでは、殺されたおれいは浮かばれない。讃岐屋の店舗も奪われてしまうだろう。

何か、手立てはないか。重要なことを忘れてはいないか。

気がつくと、源兵衛も夢の湯に戻ってきていた。ただそろそろ暮れ六つの鐘が鳴ろうという刻限で、話などしていられる暇はなかった。湯汲み番も男湯と女湯を分けなければ、用が足せない状態だった。

三樹之助は湯を汲みながら、必死に思い出している。不忍池に沿った夜陰の道で、おれいを斬ったばかりの賊と遭遇した。真剣を抜いて立ち合ったが、あのとき何か、賊の身元を明かすような品や出来事はなかったか。

「ああ」

混雑がようやく引いてきたとき、頭にぼんやりと一つの出来事が浮かんだ。

「今日一日の話を聞いてもらおう」

為造に湯汲みを任せて、源兵衛に声をかけた。向こうも探索の結果を聞きたがっていたところらしく、二人で流し板の奥の、台所を兼ねた部屋へ行った。

そろそろ、釜の火を落とす頃合である。

源兵衛は、托泉の親しい人間関係を洗っていた。そして蔵前の札差加納屋藤兵衛に辿り着いた。だがそのときはすでに日が暮れかけていて、三樹之助が来たはるか後だった。

「ですから、三樹之助様はその足で日本橋横山町の因幡屋へ行ったに違げえねえと踏んで、戻って来たんですよ」

腰を下ろすなり、源兵衛は言った。

おナツと冬太郎が、同じ部屋で晩飯を食っている。けれども子どもたちは、大人の雰囲気を読み取るのに長けていて、こういうときには寄ってこない。

「うむ。因幡屋へ行き、それからおれいの実家の豆腐屋と讃岐屋へ回った」

それぞれであった詳細を、三樹之助は伝えた。源兵衛は小さく頷きながら、最後まで聞いた。

「又七は、今のままではどうすることもできねえ。そういうことですね」

「そうだ。おれいも、稼いだ金は借金の返済につぎ込んでいる。店に現れたり共に歩いていたりしたという遊び人ふうの人物は、多喜蔵の配下だったのだろう」

「ええ、利息の取立てか、出合茶屋へ行く日取りを伝えに行ったのでしょうな。豊岡の旦那がいくら捜しても現れなかった。もともと男なんて、いやあしなかったんですよ。いねえものを捜したって、出てくるわけがねえ」

「そこでだ」

三樹之助は、源兵衛を見詰めた。

「多喜蔵や豪山を、どうするかってえことですね」

「そうだ。手立てがあるか」

「殺しがあった日の、奴らの夜の動きを洗い直すしかねえでしょうね」

すでに調べているが、もう一度という意味である。けれども三樹之助には、おぼろげに一つの考えが浮かんでいた。

「一つだけ、忘れていたことがある。おれは不忍池で賊と闘った。おれの刀には血がついていて、下手人ではないかと疑われた」

「ええ、そうでした」

「あのとき、刀についていた血は、相手の刀にあったものだけではない」

「そうでしたね。賊の肘を斬りつけたと、おっしゃっていましたね」

深手ではなかったが、三日や四日で跡形もなく治ってしまうような浅手でもなかった。半月ほどのことだから、傷跡はまだ残っているはずだった。

「豪山の左肘に傷跡があれば、それがあ奴だという証拠の一つになるのではないか」

「そうですね。殺す動機もあるわけですから、奉行所へしょっ引くことはできると思いやす。ですがね……」

源兵衛は腕組みをした。少し考えてから続けた。

「肘の刀傷を、素直には見せねえんじゃねえですか。やっていたのならば、なおさらですぜ」

「そうだ。それでおれは、湯汲みをしながら、ずっと考えていたんだ。一つだけ、手立てが浮かんだ。手助けをしてもらいたい」

三樹之助は源兵衛の耳に、口を寄せた。

「へい、分かりやした。お久と五平に話してみやしょう」

請け負った。

「さあ、飯にしよう」

話すだけ話すと、三樹之助の気持ちはだいぶすっきりした。昼はこわ飯を数個食べただけだった。

飯と味噌汁と香の物、それはいつも変わらない。ただ煮付の種類が、日によって変わる。今晩は、蒟蒻と牛蒡だった。それに鳥肉が交ざっている。ご馳走だった。

「おっかさんが、作ったんだよ」

盛られた大皿を見ていると、いつの間にか側に来ていたおナツが言った。

「そうか、珍しいな」

いつもならば、お楽が煮売り屋から出来合いを買ってくる。

「今日、お侍さんが一人、三樹之助さんを訪ねてきたんだ」

そう言われて、あっと我に返った気がした。おれいの事件のことで、すっかり忘れていた。一昨日、志保とお半が夢の湯へやって来た。お久が追い返したが、何事も起こらないはずがないと覚悟していた。

やはり、訪ねてくる者があったのだ。

「その侍が、誰だか分かるか」

「うん。前に一度来たことがある。三樹之助さまの兄上だよ」

一学がやって来たのか。

「それでどうしたのだ。何か言っていったのか」

「ううん。ただ近くまで来たから、立ち寄っただけだって」

「まさか」

何事もないなどは、あり得ない。志保にしろお半にしろ、夢の湯でのことを黙っているはずがないからである。

ただそれは、誰にでも言えることではない。一学は口を閉じたのだろうと思った。

「それでね、相手をしたのが、おっかさんだった。いろいろ話をしていたよ。おっかさんは、三樹之助さまのことをあれこれ聞いていた。短い間だったけど、楽しそうだった」

「そうか」

複雑な、気持ちになった。三樹之助は今日戻ってきてからも、お久とは何度も顔を合わせている。そのことには、一言も触れなかった。いや言葉を交わすこともなかったのである。いつものように、仏頂面をしていた。

「それでね、おっかさんはすっかり機嫌がよくなった。だからこれを煮たんだ。鳥肉を売る振り売りが来てさ、ふんぱつしたんだよ」

「ふうむ」

一学の来訪も気になったが、お久の変貌も腑に落ちない三樹之助だった。

五

次の日、夢の湯は暮れ六つの鐘が鳴ると同時に店じまいをした。朝から店先にその旨(むね)の張り紙を出していたが、気がつかなかった客もかなりいた。

「おうおう、なんだい急に。昨日はそんなこと言ってなかったじゃねえか」

「すみませんね。いろいろと取り込みがありまして」

「この汗だらけの体で、そのまま帰れってえのか。殴るぞこのやろう」

凄む俠み肌の男もいた。五平は平身低頭、これ以上は下げられないところまで頭を下げて詫びた。

詳しいわけを聞かなければ帰れない、という頑固者もいる。

入っていた客をやっと追い出しても、すぐに次の客がやって来る。これにも頭を下げて帰ってもらった。この役目をしたのは、源兵衛である。強面が、このときばかりは役に立った。

もちろん、二階の客も同様だ。男湯も女湯も、人がいなくなるのに、半刻近くの時がかかった。

おナツと冬太郎には、何があっても流し板や板の間に出るなと言ってある。

六つ半（午後七時）を過ぎた頃、又七が一人でやって来た。暖簾は下ろしてあるが、板の間や流し板には明かりが灯っている。番台に座っているのは源兵衛、そして上がり湯のある呼び出しに三樹之助が立っていた。他には客も奉公人もいない。

板の間の衣服戸棚の陰に、鯉口を切った状態で三樹之助の刀が置かれている。そして女湯には、定町廻り同心の豊岡も控えていた。

「大丈夫だな、やれるな。やらなければ、おれいは成仏できぬのだぞ」

「で、でも、私一人では」

「側に、おれや源兵衛がいる。その方は昔、乱暴者に襲われたおれいを、身をもって守ったというではないか。その思いがあれば、どんなことだってできるはずだぞ」

「わ、分かりました」

三樹之助は今朝、讃岐屋へ又七を訪ねた。その場で多喜蔵に文を書かせたのである。提示された条件を受け入れて、金六町の讃岐屋の店舗を売り渡すことに決めた。そこで今夜、約定（やくじょう）を認（したた）めた文書を二人が署名して作りたい。それを又七が借りた借用証文と引き換えにする。承知ならば、今夜六つ半から五つまでの間に、証文を持参して湯島切通町の夢の湯へ来てほしい。そのときは、必ず豪山靭之丞を同道してほしい。もし来ない場合は、讃岐屋の店舗を、たとえ因幡屋が示す額よりも少なくなっても、他の者に売る。そして借金の残額四十五両を返済すると、書き添えた。

「それならば、奴は必ず、夢の湯へやって来るさ」

三樹之助は請け合った。

だが売り渡す約定の文書を、本当に作らせるつもりなどなかった。二人をこちらの土俵に乗せて、おれい殺しを白状させてやろうと考えたのである。場合によっては、手荒なことも辞さない気持ちだ。

「手順はよいな」

「な、何とかやってみます」

打ち合わせも済ませて、三樹之助は讃岐屋から戻ってきた。

夢の湯の板の間に入った又七は、周囲を見回す。薬や食い物、呉服や下駄の安売りや新商品を知らせる張り紙が貼ってある。お久が掲示料を取って、壁の高いところを使わせているのだ。

隅にある縁台に、又七は腰を下ろした。落ち着かない様子だ。小さな風呂敷包みを持っている。その中には硯らしいものが入っているかに見えるが、空箱のはずだった。書類を本気で作るつもりで来たと思わせるための、小道具である。

いつ来てもいい刻限になっている。又七はちらと流し板の奥にいる三樹之助に、目を向けた。

そのとき、男湯の戸が横に開かれた。中を見回しながら入ってきたのは、多喜蔵だった。注意深い目をしていた。着流しに夏羽織を着ている。その後ろにいるのが、豪山靭之丞だった。こちらは羽織はないが、袴を穿いている。連れはもう一人いた。遊び人ふうの尻端折りをした若い衆が、手に提灯を持っていた。

多喜蔵は板の間の中央に出た。

又七が立ち上がった。

「ようこそ、来てくださいました」

物言いはやや硬い。又七もおれいを斬ったのは豪山だと考えているから、仇討ちを
したいのである。必死のはずだった。

「いやいや、讃岐屋さんが腹を決めたのならば、何よりのことだ」

多喜蔵は、横柄な態度や物言いをしていない。一儲けするための最後の仕事だと考
えているからだろう。

豪山は、一間ほど離れたところで、二人のやり取りを見ている。番台にいる源兵衛
には気付いたようだが、流し板の三樹之助には気付いた気配はなかった。

「では、書付を作りましょう」

多喜蔵は板の間に腰を下ろした。豪山もそれに従った。連れの遊び人ふうはさらに
その後ろにいる。けれども又七は、座らなかった。

持っていた風呂敷包みを足元に置いたきりで、立っている。

「どうしました」

怪訝な眼差しで多喜蔵は見上げた。

「一つ、お願いがございます」

「何ですかね。ここへ出向くという願いは、聞いたはずだが」

「は、はい。ここは、湯屋です。いかがでしょうか、話をまとめる前に共に湯に入って、裸の付き合いをいたしませんか」

「湯に入るだと」

ここで多喜蔵は、初めて苛立ちを顔に浮かべた。さっさと済ませて引き上げたいのである。文書さえ手に入れば、又七になど用はないのだ。

「私も代々続いたお店を手放すのですから、身を清めたいと思います。そこで夢の湯さんに頼んで、店を空けていただいたのです」

又七は、この言葉をずっと考えてきたのだろう、すらすらと言った。腹が据わってきたのかもしれない。

「そうか、ならば仕方があるまい。入るとしよう」

しぶしぶ承知した。又七は、板の間の隅に重ねてある脱衣籠を三つ持ってくると、多喜蔵と豪山の前に置いた。

「この者は無用だ。湯には、入らないからな」

多喜蔵は立ち上がったが、豪山は動かなかった。腕を組み、薄く目を閉じている。

「それでは、ここへおいでいただいた甲斐がありません。どうぞご一緒くださいませ」

又七は、板の間に座って、じかに豪山に言った。しかしその反応はなかった。目を閉じたままである。微動だにしない。

「よいではないか。私が入ると言っているのだ」

多喜蔵は、帯を解き始めた。懐から、又七の借用証文らしい紙切れが出てきた。それを袂に入れなおした。

流し板の呼び出しにいる三樹之助は、固唾を呑んで推移を見守っている。豪山が湯に入ることにならなければ、ここまで呼び出した意味はなかった。

「これは、たってのお願いでございます」

又七の声は、いくぶん上擦っている。

「な、何だと。おれがへえるんじゃ、気にいらねえのか」

ついに多喜蔵が、本性を露わにした。ドスの利いた声だった。板の間の壁が、びんと響いた。口だけでなく、目にも怒りが籠っていた。

又七の前に、仁王立ちになった。

これで怯んだら、終わりである。三樹之助は、飛び出していきたい気持ちを、ぐっと抑えている。

何かを言おうとした又七が、言葉を呑んだ。離れたところからでも、胴震いをしたのが分かった。

「もし、ご一緒していただけないのなら」

叫び声に近かった。思いのたけを振り絞ろうとしているのか。

「だったら、どうするというんだ」

多喜蔵の声は、脅しになっている。

「約定は書きません。讃岐屋は他所に売って、借金の返済をさせていただきます」

「な、何だと」

息がかかるくらいに、顔を近づけた。怒りで、眉根がぴくぴくと痙攣している。

その顔を、又七は必死で見詰め返していた。

どれほどの時がたっただろうか。多喜蔵が顔を離した。

「豪山先生。あなたにも、へえっていただきましょう」

投げやりな声で言った。

豪山が目を開いた。そしてゆっくりと立ち上がった。袴の紐を、解き始めた。

又七も、弾かれたように立ち上がると、自分の着物を脱ぎ始めた。

三樹之助は、じっと豪山の動きを見詰めた。確かめたいことは一つだけである。左肘に、新しい刀傷があるかどうかだ。

着物を籠に落とした。左の肘に、目を集中させた。

「あった」

もう布は巻かれていない。だが二寸ほどの新しい赤い引き攣れが、はっきりと見えた。

「てめえだな、池之端でおれいを殺し、懐の金を奪ったのは」

三樹之助が板の間に出る前に、源兵衛が番台から飛び降りて豪山に向かい合った。豊岡も、女湯の方から戸を開けてこちらへ飛び出した。

「な、何を証拠にそのような」

応じたのは多喜蔵である。豪山はその間にも、板の間においてあった刀に手を伸ばしていた。

「その傷はな、池之端でおれいを殺害した賊と立ち向かった、大曽根三樹之助様がつけた刀傷だ。申し開きがあるならば、奉行所のお白洲(しらす)でするがいい」

有無を言わさず、ふん縛ろうという意気込みだった。

豊岡が、まず多喜蔵の肩に手を掛けた。もう一方の手に捕り縄を握っている。

「くそっ」

多喜蔵は身もだえしたが、膂力は豊岡の方が勝っていた。

「おのれっ」

そのとき、豪山が刀を抜いた。目の前にいた源兵衛は飛び退いた。すんでのところで、腹を裁ち割られるところだった。

豪山はさらに刀を振り上げ、源兵衛を斬ろうとしている。

「やめろ」

そう叫んだのは、多喜蔵である。多喜蔵はここで抗う不利を見越したのである。だが豪山には、その言葉が耳に入らなかった。かっとなると、後先が見えなくなる男だと誰かが言っていた。

源兵衛目指して、刀が振り下ろされた。

「愚か者っ」

その振り下ろされた刀を横から弾いたのが、三樹之助だった。衣装戸棚の脇にあった刀を抜いて、立ち向かっていた。

キンと金属音が駆け抜けた。二つの白刃が、交差して離れた。寸刻後には、刀を正眼に構えて向かい合っている。三樹之助も豪山も下帯一つの姿だ。どちらの体も、鍛え上げられた厚い筋肉に覆われている。

周囲にいる者は皆、体を壁に寄せた。

三樹之助は正眼、豪山は八双に構えた。背丈は、三樹之助のほうがやや高い。八双に構えた剣尖が楕円を描いて揺れている。

こちらの隙を窺っているのだ。

「やはり、こいつだ」

刀を構えてみて、三樹之助は豪山があの夜の黒頭巾の侍だと確信した。迫ってくる気、身ごなし、息遣いまでが同じだ。

先夜も今も、剣尖に怒りが籠っている。

「とうっ」

迫ってきた一撃は、やはり肩からの袈裟掛けを狙っている。怒りに燃えた単調な攻撃だ。そう判断した三樹之助は、刀を弾き返すべく前に出た。

ところがこちらの剣は、空を斬った。豪山の姿が、目前から消えていたのである。

寸刻の後、疾風が左の二の腕を襲ってくるのを感じた。刀を振りながら体を回転させた。敵は溜めた脚力をばねにして、囮（おとり）の一撃から、角度を変えて攻め込んできたのだ。

間一髪、斬撃を垂直に立てた刀でかわした。体が自然に動いたから間に合った。頭で考えていたならば、左腕はざっくりやられていたに違いない。

ただ手が痺(しび)れた。刀を取り落としそうになったほどである。驚嘆すべき膂力があった。

「死ねっ」

休まず次の一撃が来た。豪山は崩れた体を瞬く間に整えて、攻撃姿勢を作ることが出来るようだ。三樹之助は、斜めに突いてくる剣尖を低い姿勢から撥ね上げた。

しかし力押しで、さらに押してくる。腕と肩がぶつかった。

三樹之助は、相手の右脹脛(みぎふくらはぎ)に低い蹴りを入れた。瞬間の動きである。だがそれは、全身の動きを支える軸足だった。

豪山の体が均衡(きんこう)を崩した。

「やあっ」

三樹之助の刀が、豪山の左二の腕から先を裁ち割った。血を噴きながら、刀を握った左の腕が中空を舞って床に落ちた。どさりと音が二つ響いた。

腕だけでなく、豪山も尻餅をついたからである。

源兵衛が駆け寄って、豪山の腕の根元に布を巻いた。止血をしたのである。豊岡は、手早く多喜蔵の体に捕り縄を掛けた。

三樹之助は、壁際に立っている多喜蔵配下の遊び人ふうに駆け寄った。血刀を胸元に近づけた。

「ひえっ」

斬られると思ったのかもしれない。体を震わせ悲鳴を上げた。

「池之端でおれいを斬殺し、金を奪ったのは豪山に相違ないな。どうだ」

「へ、へい。と、東叡山の闇の中で落ち合って、て、寺町を駆けて、逃げやした」

「殺しを命じたのは、多喜蔵だな」

三樹之助は、剣尖で遊び人ふうの胸を小さく突いた。血が男の胸を、つうっと一筋流れた。

「そ、そうです」

顔を引き攣らせて応えた。

六

「この血、何とかしてくださいよ。これじゃあ、明日店を開けられませんからね」

板の間に出てきたお久は、眉を顰めてそう言った。血のにおいも気に入らないらしく、袂で鼻を覆っていた。開けられる戸は、すべて開け放った。

多喜蔵と配下の遊び人ふうは、豊岡が大番屋へ引っ立てて行った。片腕を失った豪山は、戸板に乗せて小石川養生所へ運んだ。証拠の、肘に刀傷のある左腕も持ち去られた。手当てが済めば大番屋へ移し、吟味を始めるという。

「配下の遊び人の自白もあるから、言い逃れはできねえ。多喜蔵と豪山は、死罪を免れねえだろうな」

夢の湯を出てゆく前に、豊岡は言った。

又七は、すすり泣いた。おれいの仇を討てたと考えたからである。必死の思いで、豪山に着物を脱がせた。今さらおれいの命は戻ってこないが、せめてものことができた。又七は、そう考えたようだ。

肘の傷を確認できたからこそ、源兵衛にしても三樹之助にしても、強引な出方ができたのだった。豪山が刀を抜いたことも、犯行の証拠になる。

「でも、こちらが湯屋でなければ、着物を脱がせることはできませんでしたね」

「それはそうだ」

又七に小さな笑顔が戻って、三樹之助も微笑んだ。

ただ後始末は、たいへんだった。

「こんなことになるから、岡っ引きなんて稼業は、やってもらいたくないんですよ。誰の命だって、体だって、落としていいわけないんですから」

お久は腹を立てている。取り付く島もない。

三樹之助と源兵衛が雑巾を手にすると、又七も手伝うと言って桶に水を汲んできた。もちろんその中には自分用の雑巾が入っている。

血はなかなか落ちにくい。

「ほんの少しの跡だって、お客さんは嫌がりますからね。まったく何事もなかったようになるまで、終わりにはしませんよ」

お久は牢名主のような顔で監督し、叱咤の声を上げる。実に細かい点にまで注意が及ぶ。桶の湯はすぐに赤黒く濁るから、何度も替えなくてはならなかった。

「あたしたちも、手伝います」

五平と為造、米吉も、雑巾を手にして現れた。

「済まないな、みんな」

「なあに、三樹之助さんには、助けてもらっていますからね」

為造が言った。

「本当にそうだよ」

米吉や五平も、口を揃えた。なぜかとても嬉しかった。

厳しいお久の検分が済んで、ようやく後片付けが完了した。ほっとして着物を着た。それまで三樹之助は下帯一つだった。

「それでは、これで失礼いたします。ご挨拶はまたあらためて」

又七が頭を下げた。

「ちょ、ちょっと、待ってくれ」

三樹之助は呼び止めた。衣装棚に隠しておいた一枚の紙切れを差し出した。

「これは……」

紙面を見て、又七は仰天した。多喜蔵が持ってきた、又七が書いた借用証文である。残金がまだ四十五両残っている。

「どさくさに紛れて、おれがくすねておいたんだ」

多喜蔵は捕らえられることに頭がいっぱいで、この証文のことに気が回らなかった。金儲けのために女を殺させ、金品を奪っている。死罪は間違いない。だが通常それだけでは済まない。闕所(けっしょ)という付加刑(ふかけい)が付けられる。私財を奉行所に没収されるのである。

となると、又七の借用証文も奉行所の手に渡ってしまう。まさか高利の利息は取らないにしても、債権としてどこかに回され、返金を要求されることになる。

奉行所は今夜にも多喜蔵の家屋敷に人をやり、門扉を閉じて資産を保全しようとするだろうが、この証文には気がつかない。

だったら、貰っておいてよかろうと三樹之助は判断したのである。

「なるほど、誰も気付きはしねえだろうからな」

横にいた源兵衛も、そう言った。律儀なだけではないようだ。

「ならばこれで、店を手放さなくて済みます」

又七は、両手で証文を捧げて受け取った。そして懐深くに押し込んだ。

洟を啜った。

「帰ったら、位牌に知らせてやります。おまえのお陰で、店を守ることができたってね」

「おれいも草葉の陰で、少しはほっとするだろうな」

三樹之助が言うと、又七は泣き顔になった。

「さあ、晩飯にしよう。まったく遅くなっちまった」

又七が去って行った後で、源兵衛が言った。確かに夜も更けていた。いつもの流し板裏の部屋へ行くと、お久が汁を温めていた。おナツと冬太郎が膳を運んでいる。

子ども二人には、多喜蔵らとの一件は見せていない。女中のお楽が相手をして、遊ばせていた。

「さあ、一緒に食べよう」

おナツと冬太郎が、三樹之助の両隣に自分の膳を置いた。久しぶりに、夢の湯のすべての者が顔を揃えての晩飯だった。飯の菜はいつもと同じ味噌汁、香の物に煮付。今日は鰯の生姜煮だった。

「ねえ」

横で食べていたおナツが声を掛けてきた。いつもより元気がない感じだ。

「何だ」

鰯を、頭ごと口に入れて三樹之助は言った。よく煮えていて、骨まで柔らかい。

「三樹之助様は、明日にはいなくなってしまうんでしょ。ここを出て行くんでしょ」

小さな声だ。膳の一角を見詰めている。冬太郎も、箸を動かすのをやめてこちらを見ていた。

「どうしてそんなことを言うんだ」

「だって、じいちゃんの探索が終わったら、ここを出て行くって言っていたじゃない」

そう言われて、はっとした。おれい殺しの探索が決着した以上、三樹之助が夢の湯にいる理由はなくなるのだった。

「おいら、嫌だ」

そう言ったのは、冬太郎である。目にみるみる涙が溢れてこぼれた。頰っぺたにくっ付いていた米粒が、涙で下に流れ落ちた。

「ねえ、ここを出たらどうするの。おうちへ帰るの」

おナツが顔を向けた。寂しげな眼差しだ。

「いや、取り立てて行くところはないさ」

屋敷へは帰らない。側へ寄る気もなかった。

「じゃあ、ずっとここにいればいいじゃないか。あたしたちは、その方が嬉しいんだから」

「そうだよ。ずっとここにいればいい」

おナツが言うと、冬太郎も応じた。

「ねえ、かまわないよね。じいちゃん」

そう言われた源兵衛は、少し困った顔になった。手にしていた晩酌の猪口（ちょこ）を膳に置いた。

「おれはかまわねえよ。だがよ、お久がなんて言うか」

夢の湯のことについては、お久の考えを無視しては何も始まらない。

お久は何も言わず、黙って飯を食っていた。冬太郎が泣いても、ちらとも目を向けなかった。

「ねえ、おっかさん。いいだろ」

おナツが訊(き)いた。冬太郎もお久を見、そして驚いたことに、五平や為造、米吉、そしてお楽までが、箸を止めて注目していた。

お久が顔を上げた。

「しょうがないねえ。でも居候(いそうろう)なんてだめですよ。ちゃんと働いてもらいますからね」

いかにも渋々といった様子で言った。

「わあい。ずっと一緒にいられるんだね。嬉しいね」

今泣いた烏(からす)の冬太郎が、もう笑っていた。おナツがぐいと、膝頭を三樹之助の太股に押し付けてきた。

翌朝から、三樹之助は正式に夢の湯の一員になった。釜焚きと湯汲みが主な仕事である。美乃里のいない武家の暮らしには未練がなくなっていた。湯屋で過ごす一日一日の方が、はるかに満ち足りている気がした。

「三樹之助さまはね、ずっとここにいることになったんだよ」

やって来る客一人一人に、冬太郎が伝えている。

「そうかい、そりゃあよかったね。三樹之助さんは力持ちで強そうだからね」

「本当だ。頼もしいお助け人だ」

常連の客は、もう三樹之助とはお馴染みの間柄である。不思議がる者はいなかった。当然といった顔をしていたと、おませなおナツが教えてくれた。

昼前、釜番をしていると、背後に人が立った。誰かと思ったら一学だった。そういえば、一昨日ここへやって来たとおナツが話していた。

「達者でやっているか」

兄は、意外に屈託（くったく）のない顔をしていた。

大曽根屋敷は、自分のことで揉めており、兄が不快な思いをしているのではないかと案じていたのである。

「はい。しばらくここにいさせてもらいます」

「そうか。それならばそれでよかろう」

「酒井家は、何と言ってきているのでしょうか」

どうにもならないことだが、やはり気になった。夢の湯の店先から引き上げていった志保とお半の横顔が、脳裏に浮かんでいる。

「それがな、あれから何も言ってこんのだ。こちらもな、どうなりましたかなどと、藪を突つくようなことはしていない。蛇が出てきてはかなわぬからな。お父上は、しばらくは静観するつもりでいるらしい」

「なるほど、そうですか」

信じがたいことだった。一学は、志保らがこの夢の湯へやってきたことも知らないのである。

だとすれば、なぜ志保は伝えないのか。そこのところが分からない。

志保は、父親の酒井織部に伝えていないのだろうか。あるいは小笠原正親が何かの指図をしているのか。

だが……、それはないという気がした。正親は大曽根家に恩を着せ、美乃里の一件をないものにしようとしたが、こちらが断ったのであれば、それでもとはならない気がした。自尊心の高い男である。しょせんこちらは、格下の旗本だ。

しばらく、雑談をして一学は帰っていった。兄は今秋に祝言を挙げる。そろそろ嫁を迎える用意もしなくてはならないので、母上はそちらへ気持ちを向けているらしかった。

昼下がりに、為造に連れられて荷車を引き、三樹之助は古材木拾いに出かけた。どこで拾ってもいいわけではない。湯屋によって縄張りがあるから、それは厳密に守らなくてはならないのである。

夢の湯で働くとなると、そういうことも覚えなくてはならない。

池之端の道に出たとき、向こうから僧侶が一人で歩いて来る姿を見かけた。肩幅があり、厚い胸を張った四十絡みで、黒の頭巾を被っていた。

三樹之助は、どこかで見た顔だと思った。だがすぐには思い出せない。顔は、黄や紫に浮腫んで、猫か何かにやられたのだろうか、無数の引っかき傷がある。

目が合うと、向こうはあっという顔をした。それで三樹之助は思い出した。

立ち去ろうとする相手の肩に、手を掛けた。

「托泉殿ではないか。いかがされた、その顔は」

「いやいや、面目ない。こんな姿をお見せするなんて」

托泉は、しぶしぶ立ち止まった。

「何かありましたかな」

「それがですな、大きな声では言えませんが、これをやったのは、聡なのですよ。けしからぬことをしたと言いましてな、毎夜のようにやられます」

聡という妻女は、冷静で感情の高ぶりを見せない女だと三樹之助は思っていた。こんな嫉妬の炎を燃やす女だとは、予想外である。

「ですがな、人まで殺された事件に絡んでいますからな、拙僧(せっそう)としては、しばらくはやられるままになるしかありませぬ」

「そうですか。怖ろしいですな、女子というものは」

「はい、さようです」

托泉は、足早に去って行った。後ろ姿を見送っていると、哀れでもあり、おかしくもあった。

聡はどんな顔をして、夫の顔を引っかいたり、叩いたりしているのだろうか。女とは分からぬものだなと、三樹之助はしみじみと感じたのである。

一刻半ほどかけて古材木を集め、三樹之助と為造は夢の湯へ戻った。

するとおナツが、生真面目な顔で、釜場へ駆けてきた。

「たいへんだよ」

深刻な顔をしている。こんな顔を見るのは初めてだ。

「どうしたんだ」

「それがね。あのきれいなお姫様が、留守の間に来たんだよ」

「な、何だって」

志保のことを言っているのは、すぐにわかった。志保が何をしに来たというのだ。

「湯に入りたいって、来たんだよ。あの変なおばさんと一緒に」

「ええっ、湯に入りたいだと」

それこそ驚天動地（きょうてんどうち）の出来事である。あの志保が、町の湯屋へ来て、長屋の女房連中と一緒に入ったというのか。あり得ないことである。

「そうだよ。おっかさんは、入れたくないみたいだった。でもさ、十文を出されてさ、入りたいって言われたら、だめだとは言えないよね」

「では、入っていったのか」

「そうだよ。あの変なおばさんと、一緒に入っていった。また来るって言っていたよ。気持ちよかったみたいだね」

「な、何を考えているのだ」

おナツの前だったが、声に出して言ってしまった。女とは、やっぱり分からない。

「それから、おっかさんの機嫌が悪くてさ、側にも寄れないんだよ。細かいことでも、すぐに怒ってくるからさ」

三樹之助は、呆然としている。どうしたらいいのか、見当もつかないからだった。

※本書は2011年1月に小社より刊行された作品に
加筆修正を加えた「新装版」です。

双葉文庫

ち-01-47

湯屋のお助け人

菖蒲の若侍〈新装版〉

2021年9月12日　第1刷発行

【著者】
千野隆司

【発行者】
箕浦克史
【発行所】
株式会社双葉社
〒162-8540 東京都新宿区東五軒町3番28号
［電話］03-5261-4818(営業)　03-5261-4833(編集)
www.futabasha.co.jp（双葉社の書籍・コミックが買えます）
【印刷所】
大日本印刷株式会社
【製本所】
大日本印刷株式会社
【カバー印刷】
株式会社久栄社
【DTP】
株式会社ビーワークス
【フォーマット・デザイン】
日下潤一

ISBN978-4-575-67072-1 C0193
Printed in Japan